La duquesa del amor

La duquesa del amor. Precuela de la serie *La duquesa del amor*.

Título original: *The Duchess of Love*.

© 2012 Sally MacKenzie
© de la traducción: Rosa Fragua Corbacho

© de esta edición: Libros de Seda, S.L.
   Paseo de Gracia 118, principal
   08008 Barcelona
   www.librosdeseda.com
   info@librosdeseda.com

Diseño de cubierta: Pepa y Pepe Diseño
Maquetación: Germán Algarra
Imagen de la cubierta: Russo Art & Design

Primera edición: junio de 2013

Depósito legal: B. 12.214-2013
ISBN: 978-84-15854-12-8

Impreso en España – Printed in Spain

Sally MacKenzie

La duquesa del amor

Libros de seda

Capítulo 1

Venus Collingswood corrió a la casa parroquial y abrió la puerta del estudio. Como era de esperar, su padre, su madre y Afrodita, su hermana mayor, estaban allí leyendo.

—Papá —dijo sin aliento—, ¿sabías que el duque de Greycliffe y su primo están a punto de llegar a Little Huffington?

—¿Cómo dices? —repuso el reverendo Walter Collingswood, sin quitar los ojos del libro que tenía en las manos.

Venus se volvió hacia su madre. A buen seguro, una mujer con dos hijas solteras en edad de merecer estaría más atenta a ese tipo de noticias.

—Mamá, ¿tú sabías algo?

Su madre pasó una página.

—¿Qué es lo que tengo que saber, cariño?

—Que el duque de Greycliffe y su primo, el señor Valentine, vienen de visita ahora que el duque ha heredado Hyndon House —añadió Venus, que hizo una pausa antes de pronunciar las palabras más importantes—. Y ninguno de los dos está casado.

—¿Ah, no? —La señora Collingswood se detuvo para garabatear una anotación en una esquina del libro que tenía entre las manos—. Eso está bien.

—¿Que está bien? —Venus miró a Afrodita. A los veintitrés años, Ditee, como todos llamaban a la hija mayor, no dedicaba demasiado tiempo a pensar en encontrar un marido. Era como si ese asunto solo preocupase a Venus, que veía a su hermana en peligro inminente de convertirse en una solterona, a pesar de los esfuerzos que hacía para evitarlo. ¿Le interesaría pues esta noticia a su hermana?

Seguramente no. Ditee había trabajado con su padre en la elaboración de un gran diccionario de latín. Así era ella. Y lo más seguro es que no hubiera prestado atención a ni una sola de las palabras que Venus había pronunciado.

«Desde luego, me apostaría algo a que a mí me cambiaron en la cuna cuando nací y no somos hermanas. Es que no me lo explico...», se dijo Venus a sí misma.

—La señora Shipley me ha contado que la señora Edgemoor le ha dicho que se espera que Greycliffe y el señor Valentine lleguen la próxima semana para que el duque pueda inspeccionar la propiedad —insistió Venus, negándose a rendirse—. Deberíamos invitarles a cenar para darles la bienvenida al vecindario.

Su madre suspiró y se echó hacia atrás.

—Walter, llevo un rato con este pasaje y sigo sin saber qué demonios significa.

—Voy a echarle un vistazo. Un minuto, mi amor.

—¡Mamá!

Su madre parpadeó, sorprendida.

—Lo siento, Venus, ¿qué me estabas diciendo? —le preguntó a su hija distraída para, poco después, volver al libro que estaba leyendo—. Vaya, ¡ya lo tengo! Malum es la «manzana», no el mal. El hombre tiró la manzana madura. ¡Qué tontería por mi parte no haberme dado cuenta al leerlo la primera vez!

—A mí me ha pasado lo mismo, he cometido el mismo error, mamá —dijo Ditee, levantando la vista del diccionario.

Venus apretó los dientes.

—Voy a salir a la calle y me voy a tirar bajo las ruedas del primer carruaje que pase.

—¿Cómo? —preguntó su madre mientras mordía el extremo del lápiz que tenía en la mano—. Por favor, cariño, antes de irte, pídele a la señora Shipley que retrase una hora la cena.

—Sí, mamá.

Venus salió con cuidado del estudio. No quería cerrar de golpe la puerta al salir. Se sentía muy orgullosa de sí misma.

La señora Shipley, de pie en el pasillo, hizo un chasquido, como apoyándola. Era una aliada comprensiva.

—Están con sus lecturas, ¿verdad, señorita Venus?

—Sí —confirmó la muchacha, tragando saliva. Estallaría de frustración si no salía de aquella casa inmediatamente—. Mamá me pidió que retrasara la cena una hora.

El ama de llaves se echó a reír.

—Ya le había advertido al cocinero cuando llegó ese paquete de libros que los señores se pasarían toda la noche con la lectura.

Venus se rió con gusto.

—Creo que me llevaré a *Archie* a dar un paseo.

—Bien. Se ha pasado la mañana merodeando por la cocina para mendigar un hueso de los que echamos en el caldo. Se pondrá muy contento por salir a la calle y el cocinero estará encantado de librarse de él.

Venus se fue a buscar al perro a la cocina y ambos salieron a disfrutar del sol de la tarde. Una ardilla dejó notar su presencia correteando; *Archie*, ladrando como un maníaco, se puso a dar vueltas por la hierba en busca del animal y Venus fue tras el perro.

¿Qué iba a hacer? Tener a un duque —y al primo de un duque— a tiro no era una oportunidad que se presentara todos los días, pero no podía invitarlos ella misma a la casa parroquial. Bueno, podría intentar —y eso era algo que no estaba por encima de sus posibilidades si le ponía un poco de creatividad— que su familia se fijara en ellos. Todo valía cuando se trataba de perseguir una buena causa. Sin embargo, lo cierto era que, a menos que los hombres aparecieran vestidos con togas y coronas de laurel, ningún miembro de su familia se fijaría en ellos.

Las probabilidades que había de que Ditee pescara a un duque eran las mismas que *Archie* tenía de capturar a la ardilla: ninguna.

Aquello le parecía un crimen. A Ditee pronto se le pasaría la edad, y sin embargo su hermana era de largo la muchacha más bonita de Little Huffington. Venus había logrado emparejar a algunas amigas con muchas menos cualidades que su hermana con hombres casaderos, de los pocos que se podían encontrar en el mercado de solteros de la zona. La hermana del granjero Isley parecía una oveja premiada, por lo bondadosa que era, y su sobrina, la señora Fedderly, padecía un estrabismo más que evidente y, a pesar de ello, Venus había conseguido emparejarlas con hombres que habían parecido muy dispuestos a ello.

Ditee era de carácter dulce, igual que aquellas muchachas, aunque esa dulzura desaparecía si tratabas de alejarla de un libro. Ese era el problema. No había manera de hacer que sacara las narices de aquellos libros de latín para que entablara con alguien una conversación lo bastante larga, y mucho menos hacer que hablara de manera íntima y con calidez. Los hombres siempre acababan por abandonar y decidían emplear sus fuerzas en mujeres más asequibles y más jóvenes.

Y Ditee ni siquiera lo había notado.

Pero si su hermana fuera capaz de llamar la atención del duque...

—Estoy segura de que Ditee sería considerada una joya incluso en Londres, *Archie* —le dijo Venus al perro, que después de haber perseguido a la ardilla durante un buen rato corrió hacia el roble en el que se había subido esta.

Archie, con la lengua fuera por el esfuerzo, movió la cola con entusiasmo.

—Y ella es, sin duda, inteligente. Todo hombre debería estar contento de tener hijos inteligentes, ¿no te parece?

Archie ladró dos veces, como si quisiera decir que estaba de acuerdo.

—Por supuesto, si el candidato en cuestión fuera un hombre instruido, eso ayudaría, aunque supongo que el duque pasará la mayor parte del tiempo en su club, como hacen todos, así que qué más da que sea instruido o no.

Sin embargo, si quería encontrar un buen marido para Ditee su hermana tendría que cooperar, aunque solo fuera un poco. Venus había aprendido esa lección muy bien. ¿Qué hombre sería capaz de seducir a su hermana? Ninguno que únicamente tuviera una cara bonita o los bolsillos muy llenos.

Venus chasqueó los dedos.

—Ya está. ¡Libros! Me inclino a pensar que el duque, aunque no sea un gran lector, tendrá una gran biblioteca,

¿no te parece, *Archie*? Después de todo, ser propietario de una gran cantidad de libros es algo que se considera impresionante y de lo más elegante.

Archie no estaba interesado en los libros. De hecho, una vez mordisqueó uno y eso le costó que lo echaran de casa durante meses. El perro salió corriendo tras otra ardilla.

Venus solía soñar con su hermana Ditee caminando por el pasillo de la iglesia de St. George, en Hanover Square, con un vestido blanquísimo de larguísima cola que llegara hasta los bancos de la primera fila del templo. No es que sus fantasías fueran algo muy preciso. Nunca había visto la iglesia de St. George, ni ninguna otra, aparte de la que estaba en Little Huffington, donde su padre predicaba.

Si Ditee se casaba con el duque, pasaría parte de su tiempo en Londres, ¿verdad? Y lo más seguro es que la invitaran para que los visitara. Entonces Venus podría ver los museos y los parques e ir al teatro, y tal vez incluso asistir a uno o dos bailes. Por fin se libraría de estar condenada a vivir para siempre en el pequeño y tranquilo pueblo de Little Huffington, el lugar en el que había crecido y el único que había conocido en toda su vida.

Archie había llegado a la puerta de Hyndon House y la estaba esperando para que abriese. Ella hizo una pausa, con la mano en el picaporte. Al viejo señor Blant, el antiguo propietario, nunca le había importado que cualquiera cruzara la verja, pero el duque podría ser diferente.

Archie ladró y luego se quejó, acariciándole la mano con el hocico. Olía a agua.

A ella también le gustaría acercarse al agua. Hacía mucho calor, y el estanque profundo y aislado era uno de sus lugares favoritos.

Archie se levantó de un salto como si fuera a abrir la puerta por sus propios medios.

—*Archie*, ¡a ver esos modales! Ten un poco de paciencia.

Sin embargo, la paciencia no era el punto fuerte de *Archie*. El perro se apartó de la puerta, aunque estaba claro que seguía impaciente. Movió el trasero, mientras bailaba con las patas delanteras y la miraba con ojos suplicantes.

El duque estaba todavía en Londres, así que, después de todo, nunca se enteraría.

—De acuerdo, muy bien. Vamos a entrar, pero la próxima vez que vengamos tendremos que pedir permiso a Greycliffe.

Archie se alejó lo necesario para que la puerta pudiera abrirse, pero en el momento en que quedó el suficiente espacio para que el animal pasara a través del umbral desapareció.

Venus cerró la puerta tras ella con cuidado y siguió al perro colina abajo. No quería ni pensar todavía en su propio matrimonio. En cualquier caso, no sabían nada en absoluto sobre Greycliffe. Nunca había venido a Hyndon House mientras el señor Brant vivía, y la señora Shipley no había conseguido enterarse de nada por la señora

Edgemoor, más allá del hecho de que el tipo era soltero. ¿Y si el hombre tenía la edad de papá? Venus frunció el ceño. Desde luego, nunca desearía que Ditee se casara con un viejo. ¿Y si era feo? ¿O un golfo impenitente?

Después de oír un gran alboroto de graznidos y ladridos, y tras observar cómo se levantaba una bandada de aves que procedía de los árboles, advirtió que *Archie* estaba allí. Había llegado al estanque.

Venus se apresuró a recorrer el resto de la pendiente y atravesó el bosque hasta llegar junto a su perro.

Iba allí desde que era una niña, aunque siempre le sorprendía la belleza de los árboles y aquel remanso de agua perfecta. Los bosques que rodeaban el estanque dejaban una orilla libre, cubierta de hierba, en la que podía sentarse y tomar el sol. En la parte sur, en la orilla más profunda, una gran roca gris se asentaba allí como si se hubiera colocado en aquel lugar específicamente para que papá pudiera enseñarles a Ditee y a ella a nadar.

El estanque habría sido un sitio bastante tranquilo si no fuera por *Archie*, que no dejaba de retozar y chapotear en el agua poco profunda. El can se dirigió hacia ella.

—Oh, no, no pienso dejar que me eches encima la mitad del agua que hay aquí —dijo Venus mientras trepaba a una roca, fuera del alcance de *Archie* que, tras un ladrido de alegría, corrió de nuevo al agua.

Ella se sentó. Incluso la piedra estaba caliente.

Cuando era una niña solía venir a menudo a este lugar. Antes de que Ditee se hubiera convertido en el sesudo ratón de biblioteca que era en la actualidad, la señora Shipley acostumbraba a prepararles una cesta con su almuerzo para que vinieran a pasar el día en verano, se bañaran y tomaran el sol, tendidas sobre la hierba, viendo las nubes flotar y charlando sobre todo tipo de cosas.

Se quitó las medias y movió los dedos de los pies. Desde luego le apetecía darse un baño, pero, claro, ahora tenía diecinueve años, no nueve.

Sin embargo, si el duque prohibía la entrada a su propiedad, esta podría ser su última oportunidad de disfrutar del agua en aquel lugar maravilloso.

Además, hacía tanto calor...

Venus miró a su alrededor. Nunca había visto que nadie más viniera por allí. ¿Cuáles eran las probabilidades de que precisamente hoy apareciese alguien?

Pues muy pocas, por no decir ninguna. Desde luego, si tuviera que apostarlo, se la jugaría.

Se quitó el sombrero y también los alfileres que lo sujetaban a su cabello. Se dejó el pelo suelto y se lo sacudió con un aire gracioso. Llevaba un vestido sencillo que le costaría poco tiempo quitarse. Lo hizo, se levantó y bajó la vista hacia las aguas profundas y frescas. ¡Qué bien se sentiría dándose un chapuzón!

Pero tener que volver luego con el vestido mojado sería terrible, mucho peor cuando se tuviera que poner el corsé y las enaguas. Sin embargo, no tenía tiempo para tumbarse al sol y dejar que se secase.

Menuda estupidez. Ya se vestiría de nuevo.

Aunque si no fuera por el vestido...

¿Podría...?

Cerró los ojos y se imaginó el agua fresca mojando su carne desnuda.

No. Eso era demasiado escandaloso. Recogió sus cosas.

Pero después de todo a *Archie* no le importaba lo que llevaba... o lo que no, y allí no había nadie que pudiera verla.

Archie, ilusionado ante la idea de que le acompañara en el agua, volvió a la orilla y ladró para animarla.

Demonios, ¿de qué sirve vivir en medio de la nada si no se puede hacer lo que se quiere? Nadie salvo *Archie* la vería y, después de todo, el perro no le iría con el cuento a nadie, lo único que quería era jugar en el agua.

Antes de que pudiera cambiar de idea, dejó caer al suelo sus pertenencias, agarró el bajo del vestido y tiró de él hacia arriba para quitárselo. Lo dejó junto al resto de sus ropas, en un montón, y se volvió hacia el estanque.

¡Vaya por Dios! Se le torció un poco el tobillo y, antes de que pudiera recuperar el equilibrio, se cayó. Alargó los brazos con la intención de agarrarse a algo, pero no encontró a qué.

Se tambaleó junto a la orilla del estanque para, acto seguido, sumergirse en sus aguas claras y frías.

✳

Andrew, duque de Greycliffe, estaba con su primo, el señor Nigel Valentine, en la entrada de Hyndon House, con las maletas a sus pies. Al llamar a la puerta, el ama de llaves les había abierto. La pobre mujer se había quedado con la boca abierta y con la cara blanca como la tiza.

—Oh, su gracia —dijo ella mientras entraban en el interior—. Discúlpeme. No sé cómo ha sucedido, pero lo cierto es que no le esperábamos hasta la semana que viene.

La mujer no dejaba de retorcer las manos, preocupada.

Y se estaba dirigiendo a Nigel.

El hombre levantó una ceja y le dirigió una mirada como diciendo: a ver cómo puedo sacar de su error a esta persona sin que se altere.

En la ciudad todo el mundo conocía a Drew, por supuesto, pero en el campo la gente parecía haber olvidado que un duque pudiera ser tan joven. No es que Nigel fuera viejo, pues solo tenía veintiocho años, aunque sin duda veintiocho resultaban edad suficiente para tener un aspecto ducal, mucho más que veintiuno.

Drew debería haberse empolvado el cabello, como hacían Nigel y muchos otros caballeros de su condición. De ese modo, parecería mayor. Sin embargo, no lo soportaba, pues el polvo le hacía estornudar.

—Hemos cambiado de planes —dijo Drew—, señora...

Los ojos de la mujer se clavaron en los suyos.

—Edgemoor, señor —repuso la mujer, casi sin aliento por la ansiedad.

Que se dirigieran a él como «señor» en lugar de «su gracia» le sonaba raro. Raro, sí, aunque no desagradable.

Desde que tenía trece años y había heredado el título, soñaba un día tras otro con despertarse una mañana y volver a ser, de nuevo, Drew, sin más, y no Greycliffe.

¿Por qué no aprovechar que así era en esta ocasión?

—Por favor, no se aflija, señora Edgemoor —dijo Drew—. El duque sabía que vendríamos sin previo aviso. —Por el rabillo del ojo, vio cómo Nigel levantaba una ceja, sorprendido—. Tómese su tiempo. ¿Hay algún sitio en el que podamos esperar sin entorpecer sus tareas?

—Oh, sí, gracias, señor. —Se volvió para hacer una reverencia en dirección a Nigel—. Su gracia. Lo prepararé todo enseguida, de verdad. Ya he ventilado sus habitaciones. Por favor, esperen en el estudio hasta que termine —pidió, mientras los acompañaba a una sala muy acogedora que se encontraba en la parte posterior de la casa—. Hablaré con el cocinero para que les prepare un refrigerio —dijo la mujer, retorciéndose las manos una vez más—. Y haré que suban su equipaje cuando llegue.

—No traemos gran cosa, señora Edgemoor —dijo Drew—. No esperamos quedarnos aquí más de una semana, así que viajamos muy ligeros de equipaje. Todo lo que tenemos son las dos bolsas con las que hemos entrado.

El ama de llaves los miró como si fuera a derrumbarse del alivio.

—Pediré a Williams, el lacayo, que las lleve arriba. Vamos a tener lista su habitación lo más rápido posible.

—Espléndido. Gracias, pero por favor, no se sienta obligada a darse tanta prisa.

Drew sonrió al ama de llaves mientras ella le hacía una reverencia otra vez. La mujer casi salió corriendo de la habitación.

Nigel se aclaró la garganta.

—¿Desde cuándo me hablan en tercera persona y se refieren a mí como «su gracia»?

—Silencio, calla. —Drew miró por encima del hombro. La sala parecía desierta, pero siempre era mejor tomar precauciones. Cerró la pesada puerta y se acercó a la ventana para mirar hacia fuera a través de los amplios jardines que terminaban en un bosque aledaño—. Tengo una idea.

—¿Una idea? —preguntó Nigel sacando su caja de rapé y tomando una pizca—. ¿Qué clase de idea?

—¿Qué te parece si te haces pasar por el duque mientras estemos aquí?

Nigel gruñó de una manera extraña, casi ahogada, y estornudó violentamente.

—Maldita sea, deberías haberme advertido antes de decir algo tan absurdo.

Un sirviente llamó a la puerta y entró, llevando una bandeja con pan y queso y una jarra de cerveza. Parecía tan nervioso como el ama de llaves y huyó de la estancia tan pronto como hubo depositado su carga sobre una mesita.

Nigel sirvió un poco de cerveza y se la ofreció a Drew.

—Debes de estar sediento después de haber cabalgado tanto rato. Seguro que por eso no eres capaz de pensar con claridad.

Tal vez no, pero la idea de quitarse de encima su título, aunque solo fuera por unos días, le resultaba condenadamente atractiva.

—No será difícil hacerme pasar por otra persona, ya lo verás.

—No —dijo Nigel, apurando la jarra de cerveza que le había ofrecido Drew.

Nigel no entendía nada. Él nunca había querido aparentar que era otra persona.

—Esta oportunidad no volverá a presentarse.

—Te digo que no. —Nigel cortó un trozo de queso y un pedazo de pan—. De todos modos, ¿por qué quieres ser yo? Cualquiera preferiría ser un duque, es mucho mejor.

Drew sonrió y se sirvió un poco de queso.

—Yo creo que tu vida es más cómoda que la mía —dijo mirando a la cara a su amigo, que parecía totalmente confundido, para tratar de engatusarlo—. Después de todo, solo será por unos días.

—No sé por qué te apetece hacer algo tan ridículo.

«Para disfrutar brevemente de la libertad», pensó Drew.

—Por lo menos piénsatelo. —Se tragó el queso y bebió un poco de cerveza. Debería estar cansado de viajar, pero no era así.

Nigel gruñó.

—De acuerdo.

Drew sonrió.

—Espléndido. Entonces, me voy a dar un paseo. ¿Quieres venir a dar una vuelta conmigo?

—¡Dios mío, no! He cabalgado durante dos días para llegar a este lugar dejado de la mano de Dios y lo que me apetece es descansar... y también ver si en las bodegas de la casa hay más cerveza. Ve tú. Los jóvenes siempre estáis llenos de energía... —Nigel recogió el pan que quedaba— y hambrientos —afirmó, arrojándoselo a Drew—. No quiero que te mueras de hambre por ahí.

Este atrapó el pan con una mano.

—Gracias. Te veré más tarde.

Nigel resopló.

—Esperemos que, para entonces, hayas recuperado la cordura y pienses de una manera más racional.

Dibujó una sonrisa en su rostro y salió a la terraza, se lanzó escaleras abajo y llegó a los jardines. Siguió por uno de los caminos artificiales que se abrían en la hierba hasta alejarse bastante de la casa. Hacía calor al sol. Se había dado cuenta porque había dejado olvidado su sombrero en la mesa de la entrada. Tal vez debería volver.

Sin embargo, le apetecía estirar las piernas. Se daría un paseo hasta el bosque. Se llevó el resto del pan a la boca y apresuró el paso.

Seguramente, Nigel tenía razón al decir que eso de fingir que no era el duque le parecía una solemne tontería, pero, maldita sea, ojalá pudiera hacerlo. Todo sería distinto si hubiera nacido para heredar el título, pero no había sido así. Que se convirtiera en duque había resultado ser cortesía de un incendio de madrugada que se había producido en uno de los clubes de juego más selectos de Londres y que había convertido el lugar en un infierno. Su tío, el cuarto duque de Greycliffe, sus dos primos y su padre habían sucumbido a las llamas.

Frunció el ceño. Nunca olvidaría cómo corrió por Eton la noticia de su repentino ascenso social. Los niños que antes pasaban de largo o, directamente, le miraban por encima del hombro, parecían ahora fijar toda su atención en él. Menuda bobada. Pero por lo menos con eso ganó práctica para cuando se convirtió en adulto y se fue a Londres. Luego fueron las mujeres quienes lo persiguieron: prostitutas, actrices, viudas, debutantes. Todas querían meter mano en su cartera y, si podían, casarse y presumir de un título.

Ya casi había llegado a los árboles. ¿De dónde venían esos ladridos? ¿Y ese salpicar de agua? Sonrió. Un baño le sentaría ahora mismo pero que muy bien. Estaba acalorado y tenía el cuerpo pegajoso por el sudor y el polvo del camino que había acumulado durante el viaje.

Siguió un caminito muy estrecho que serpenteaba a través del denso pinar. Aunque hacía frío en la sombra, no quería renunciar a refrescarse. Le apetecía nadar. Comenzó a deshacerse del pañuelo que llevaba atado al cuello.

Por suerte para él, al final del camino se encontró con una gran roca, justo detrás de unos árboles. Se sentó en ella y empezó a quitarse las botas, algo que, seguramente, muchos otros habían hecho antes que él en aquel mismo lugar. Podía ver el agua a través de las ramas, aunque no al perro ni a su dueño. No oyó ningún grito. Tal vez el animal hubiera llegado hasta allí por su cuenta.

Y, en fin, lo cierto era que parecía que el can estaba disfrutando mucho. Hacía muy buen tiempo y no podía esperar más para darse un chapuzón.

Dejó tirados en el suelo su frac, camisa, pantalones y calzoncillos, y se acercó al borde del bosque. Ahora veía al perro, de color marrón y blanco, que era obviamente mezcla de spaniel con alguna otra raza. El animal corría, iba y venía y ladraba a...

De repente, dio un salto atrás y se escondió detrás de un tronco de árbol.

La muchacha no le había visto. Estaba de pie sobre una roca grande al otro lado del estanque, mirando el agua a unos tres metros por debajo de ella, vestida solamente con unas enaguas. Su largo cabello castaño le caía en ondas hasta la cintura, ocultando su rostro.

Si no tenía un poco de cuidado, esa joven se caería en cualquier momento.

La preocupación hizo que se le encogiera el estómago. Ella no tenía la intención de saltar, ¿verdad? Debía detenerla, aunque ver a un hombre extraño, desnudo, saliendo a toda prisa de entre los árboles, sin duda la asustaría y haría que perdiese el equilibrio. ¿Qué podía hacer?

Maldita sea.

La muchacha acababa de quitarse las enaguas.

Se quedó con la boca abierta, pasmado, al tiempo que otra parte de su anatomía se levantaba. Era muy hermosa. Le recorrió el cuerpo con la mirada lentamente, subiendo desde sus bien torneados tobillos a aquellos muslos largos y pálidos. Entre ellos, se abría un encantador nido de rizos, tan oscuro que contrastaba contra el blanco de su vientre. Más arriba, sus caderas y su fina cintura eran la base de dos pequeños pechos redondos, perfectos y casi ocultos por el pelo.

Mejor sería que el agua del estanque estuviera bien fría, a ser posible casi helada, pues de lo contrario no podría volver a ponerse los pantalones.

La joven se dio la vuelta para tirar detrás de ella las enaguas y, al hacerlo, le obsequió con la visión de un trasero redondeado y precioso.

Rayos y centellas, si seguía así iba a morirse de lujuria.

Ella se acercó de nuevo al agua, pero al hacerlo se tambaleó. Levantó los brazos al aire. ¡Dios mío! Se iba a caer.

Él corrió hacia el estanque y se tiró al agua al mismo tiempo que la muchacha caía.

Capítulo 2

Venus logró enderezarse durante la caída, así que pudo poner los pies en el suelo y levantarse. Se sumergió una y otra vez. ¡Qué fresquita estaba el agua! Era una sensación maravillosa, emocionante y, también, un poco pecaminosa.

Pero necesitaba respirar. Dio una patada y luego frenó, para detener su descenso y abrirse paso de vuelta a la superficie. Tenía el pelo revuelto, como si se tratara de malas hierbas enredadas alrededor de la cabeza. Luchó por salir a la superficie y, en el instante en que la alcanzó, sus pulmones se abrieron, sedientos de aire. Entonces abrió la boca.

—Vaya —dijo al tiempo que volvía a zambullirse. De repente, notó que algo fuerte y duro la agarraba por la cintura. El corazón empezó a latirle desbocado. Aquella cosa la hundiría. Entonces la arañó para librarse de ella, fuera lo que fuese.

Se trataba de un brazo. Un brazo masculino desnudo, duro como una roca, que la arrastró contra un torso masculino igualmente duro y también desnudo.

¡Oh, Dios! Aquello era peor que ahogarse. Iba a acabar siendo violada.

Venus no dejó de patalear y dar golpes, pero quien fuera la había inmovilizado. Estaba unida a aquel villano como si la atara una cadena de acero.

—Tranquilícese —dijo una voz masculina y muy educada, un poco sin aliento, que oyó según se acercaban a la orilla—. Ya la tengo. Ahora está a salvo.

¿A salvo? ¡Ja! «Eso para quien se lo crea», pensó ella mientras renovaba sus esfuerzos por liberarse.

—Deje de luchar —dijo él con un tono de voz en el que se percibía un enfado creciente—. Me está poniendo las cosas más difíciles.

Pues sí, se las pondría bien difíciles. Lucharía con uñas y dientes. Aunque ella no tuviera ninguna posibilidad de librarse de él y sucumbiera bajo aquel ataque, por lo menos le haría todo el daño que pudiese. Abrió la boca para decírselo y se atragantó otra vez con un montón de agua.

Venus no dejaba de toser, medio ahogándose, mientras él la arrastraba fuera del estanque. *Archie* corrió hacia él, ladrando, pero el joven no hizo caso al perro cuando inclinó a la mujer sobre su brazo y la golpeó en la espalda. La joven empezó a expulsar agua por la boca.

Sabía que aquel era el mejor momento para intentar escapar, aunque estaba tan ocupada tratando de llevar aire a sus pulmones que no pudo ni planteárselo.

—Respira, maldita sea —oyó decir al hombre.

¡Pues claro que quería respirar! Pero no podía. Venus trató de decírselo, aunque al parecer el discurso se le fue con la respiración. Ni siquiera era capaz de emitir aunque solo hubiera sido el croar de una rana.

—Demonios. No voy a dejar que te mueras. —De pronto, se vio tendida de espaldas sobre la hierba, con la boca de aquel desconocido sobre la suya. El aliento del joven se abrió paso en los atribulados pulmones de ella.

Aunque no sabía mucho acerca de lo que era una violación, gracias a Dios, aquello no le pareció el preludio de acto tan ruin.

Levantó la cabeza y empezó a respirar.

—Oh. —Venus arrancó a toser.

De inmediato, él la puso de lado, para que pudiera escupir todo el agua.

—Vamos, respira —decía él mientras le frotaba la espalda y los hombros.

Por fin, respiró. Siempre le había parecido algo sencillo, automático, algo que ni siquiera te planteas hasta que, de repente, llega un momento en que no puedes hacerlo. Pero ahora podía, otra vez. Inhalar y exhalar. Su corazón se desaceleró y retomó su ritmo normal.

Notaba el calor del sol sobre su piel desnuda... y también las manos de aquel desconocido.

Venus se dio la vuelta sobre su vientre.

—Oiga, eso que está haciendo, creo que no hace falta. —Él la dejó de nuevo de lado. La manejaba como si ella fuera más ligera que una pluma, con una mano en el hombro y otra en la cadera. Su cadera desnuda.

En cualquier instante se le cortaría otra vez la respiración. Y ahora estaba frente a él, mirando sus rodillas y su...

Venus cerró los ojos.

—¿Qué le sucede? —preguntó él, retirándole el cabello de la cara—. ¿Le duele algo? Creo que no se ha golpeado la cabeza el caer, ¿verdad?

—No.

—Déjeme ver. —Él le dio vuelta sobre la espalda una vez más, con los dedos peinando su cabello, presionando su cuero cabelludo aquí y allá. Su tacto era suave, pero firme—. ¿Le duele? ¿Y aquí?

—No. —Ella mantuvo los ojos firmemente cerrados.

—Abra los ojos —le pidió el hombre, al tiempo que la levantaba—. Míreme.

—¿Por qué? Se sentía un poco fuera de lugar, desorientada, así que se dio por vencida y lo miró.

Debía de estar muerta y haber subido al cielo. El hombre que la miraba solo podía ser un arcángel. Tenía unos ojos azules impresionantes, claros como el estanque en un día despejado de verano, adornados por unas largas pestañas oscuras que volverían loca a cualquier mujer. Su cabello rubio oscuro —seguro que era de ese color porque, de haberlo llevado acicalado con polvos, el agua los habría eliminado— estaba suelto, la coleta se le había deshecho y le caía enmarcando su rostro de pómulos altos, nariz recta, labios firmes y mentón fuerte.

¿Quién era aquel extraño? Desde luego, estaba bien segura de que nunca antes lo había visto.

—Tiene bien los ojos. Creo que no se ha dado ningún golpe en la cabeza.

—Ya se lo había dicho, estoy bien, no me la he golpeado. —Desde luego, aquel desconocido no podía ser un siervo o un campesino; tampoco un jornalero ni nada parecido. Por el tono de su voz y su perfecta dicción, tenía que ser un noble. Pero los nobles no solían pasar por Little Huffington, a menos que...

Oh, Dios.

—¿No habrá llegado por casualidad el duque de Greycliffe?

Un ligero rubor se extendió por las mejillas del joven.

—Bueno, verá, esto... Sí, ya estamos aquí.

¿Que el duque ya estaba aquí? De manera que ella no tenía todavía listo su plan para emparejarlo con su hermana Ditee y él ya había llegado.

—Pero ¿no se suponía que tenía que llegar la semana que viene?

El hombre hizo una mueca y se encogió de hombros.

—Hemos llegado antes de tiempo.

Venus se distrajo con el movimiento de sus hombros. Bueno, no tanto con el movimiento como con los propios hombros. Eran muy amplios, seguramente demasiado para encajar en un abrigo adecuado, y el resto de él... El vello rubio salpicaba su pecho y sus brazos mostraban una musculatura bien torneada. Era fuerte, lo recordaba perfectamente de cuando la había sacado del agua.

—¿Le gusta lo que ve? —preguntó. Su tono había cambiado. En lugar de preocupación, ahora mostraba... calor.

—¿Qué? —dijo Venus, volviendo a mirarlo a la cara. Pero él había dejado de fijarse en ella. Bueno, no exactamente, fijarse se estaba fijando, pero no en la cara precisamente sino en...

—Deje eso —dijo la joven, al tiempo que se cubrió los pechos con los brazos—. No mire.

En el extremo derecho de su boca apareció, oh, señor, un hoyuelo.

—Era usted quien me estaba mirando.

—No, eso no es cierto.

Él sonrió abiertamente. Los hoyuelos no eran uno sino dos.

—Mentirosa.

Caramba, aquel sinvergüenza era claramente uno de la peor calaña. Lo mejor que podía hacer era apartarlo lo más lejos que pudiera pero, claro, si lo hacía, tendría que quitarse los brazos de encima de los pechos, así que, no, no podía hacerlo. En lugar de eso, sacudió la barbilla.

—Retroceda.

«¿Es esta la manera de agradecer a alguien que te haya salvado de ahogarte?», se preguntó él. Sin embargo, no se lo dijo.

—Esperaba un beso.

—Lo que se merece es una bofetada —dijo ella cerrando los ojos—. No me ha salvado y, de hecho, casi me muero del susto.

Frunció el ceño, aunque cerró los ojos.

—Pero si se estaba ahogando...

—No hasta que me agarró. Debería saber que he nadado muchas veces en este estanque, desde que era una niña —dijo Venus, poniéndose en pie.

Aquel desconocido resultaba pecaminosamente apuesto. Sus hombros y brazos parecían haber sido robados de una escultura griega. Pero, aunque eran duros como el mármol, no estaban fríos. En este caso, eran unos brazos cálidos... casi se diría que ardientes.

El hombre le guiñó un ojo.

—Entonces, ¿va a darme ese beso?

—¡No!

¿Dónde tenía la cabeza aquel individuo? Venus corrió hacia el árbol más cercano. Afortunadamente tenía un tronco lo suficientemente grueso como para servir como escudo. Oculta tras él, se asomó. El hombre seguía de rodillas en la hierba, pero como *Archie* se había acercado a él, le había bloqueado la visión de sus «partes bajas».

Mejor así, por supuesto.

El joven estaba rascándole las orejas al animal al tiempo que *Archie* le lamía la cara.

¿Quién era aquel extraño? No podía ser el duque. Los duques no andan desnudos por ahí. Además, tampoco solían ser tan jóvenes. No, debía de ser el primo del duque, el señor Valentine.

Un insecto que no pudo identificar con claridad decidió darse un paseo por su trasero. Venus saltó y le dio un manotazo. Por Dios. Allí estaba ella, desnuda también. Tenía que vestirse de inmediato, pero se había dejado la ropa demasiado lejos de su alcance y no estaba dispuesta a exponerse a los ojos curiosos del señor Valentine otra vez. Aquellos ojos, sin embargo...

—Señor Valentine.

El hombre siguió acariciando a *Archie*. Tal vez él no la había oído. Ella gritó más alto.

—¡Señor Valentine!

El hombre levantó la cabeza entonces y le echó una mirada extraña.

¿Cuál era el problema? Ella miró hacia abajo. No, su cuerpo seguía oculto tras el tronco. Tal vez aquel extraño no fuera muy listo y no entendiera lo que ella estaba tratando de decirle. Una lástima, pero a menudo resulta que las personas más atractivas no son siempre las más inteligentes; de hecho, los tontos eran el grupo dominante en la humanidad según su opinión.

Ella lo miró de nuevo.

—Por favor, señor Valentine, acérqueme mi ropa.

Él la miró un instante más. ¿Cómo iba a negarse a lo que le pedía? Pues claro que no. El hombre sonrió. Ahí, de pie, dejaba totalmente a la vista su gloria masculina.

—¿Dónde está?

—Vaya, vaya.

Desde luego, aquel hombre no era una estatua griega, sino algo mejor. Todos sus músculos parecían duros y fuertes, tenía la cintura estrecha y las piernas robustas. Sobre su vientre, el vello rubio se espesaba hasta llegar a un nido de rizos que...

Vaya, que esa parte era mucho más grande de lo que Venus hubiera visto en cualquier estatua griega.

Por Dios, ¡y le daba la sensación de que su miembro iba aumentando de tamaño según ella lo miraba!

—¿Su ropa? —dijo él con voz un poco tensa.

Ella apartó la mirada de sus partes... inferiores.

—Oh, sí, claro. —Venus se aclaró la garganta. El corazón le latía con fuerza. Advirtió que su propia intimidad se hinchaba y le dolía. Incluso se humedecía. ¡Qué horror! ¿Qué diablos le estaba pasando?—. Está encima de aquella roca.

—De acuerdo. —El señor Valentine se alejó, ofreciéndole una vista encantadora de su magnífico trasero en movimiento. Los músculos del hombre se contraían mientras se movía y subía a la roca. Por desgracia —no por suerte, desde luego que no—, al regresar llevaba la ropa por delante, con lo que se ocultaba la visión de sus partes masculinas.

—Déjela ahí —dijo ella, señalando un punto a unos tres metros de distancia.

—Muy bien —repuso él. Dejó la ropa donde ella le pedía y se detuvo—. ¿Puedo tomar prestado el sombrero?

Ella ahogó una risita nerviosa.

—No creo que le sirva, señor.

—Pues yo creo que me va a venir muy bien ahora mismo. —Entonces, el hombre se enderezó y se puso el sombrero por delante para taparse sus partes—. A menos que prefiera seguir admirándome así, al natural, durante más tiempo.

Gracias a Dios la mayor parte de ella se escondía detrás de aquel árbol, porque mucho se temía que debía de estar roja como un tomate.

—Creo que ya he visto demasiado de su persona. ¿Dónde está su ropa?

—Al otro lado del estanque —dijo sonriente—. ¿Acaso había pensado que suelo pasearme así por ahí, desnudo?

—Por supuesto que no. —Su piel era demasiado pálida como para haber permanecido expuesta al sol con regularidad.

Tenía que dejar de mirarlo. De mirarle la piel, por supuesto.

—Gracias, señor. Ya puede marcharse. Vaya a buscar su ropa y vuelva a lo que estaba haciendo.

—Oh, no. No voy a dejarla aquí sola hasta que esté seguro de que se ha vestido. —Maldita sea, ahí estaban de nuevo esos malditos hoyuelos—. No me gustaría que algún sinvergüenza pasara por aquí y la encontrara así.

—Ya hay uno cerca —le espetó ella para, acto seguido, recordar que el señor Valentine era su salvoconducto para llegar hasta el duque. Si se las arreglaba para ganarse su amistad, tal vez le ayudaría en su propósito de llevar a Ditee hasta Greycliffe—. Muy bien. En ese caso, dese la vuelta para que pueda vestirme.

—Sí, señora —dijo él, inclinándose un poco antes de darle la espalda. Aquella encantadora, encantadorísima espalda, con aquellos hombros anchos que apuntaban hacia abajo para convertirse en una cintura delgada y un trasero musculoso.

—¿Es siempre tan controladora?

De repente, Venus bajó de las nubes y alargó un brazo para alcanzar su ropa.

—No estoy controlando nada ni a nadie.

—Sí, sí lo hace. De hecho, me parece un poco mandona.

—No, en absoluto. ¿Cómo puede decir algo así? —exclamó ella, al tiempo que agarraba su camisa y se la metía por la cabeza. Por lo menos, ahora llevaba algo puesto si pasaba otra persona por allí—. ¿Va a venir pronto su primo, señor?

—No lo creo. Me dijo que quería descansar de nuestro viaje.

Así que el duque era viejo y gotoso... ¡Qué mala suerte! Quizá sería mejor que se centrase en el señor Valentine para Ditee.

Por alguna razón que era incapaz de definir, no podía dejar de mirarlo. Trató de comportarse.

El señor Valentine se estaba riendo.

—Oh, no.

Ella sonrió. Así que el duque era todavía una posibilidad. Luchó para acabar de ponerse el vestido en condiciones. Pero ¿cómo atraerlo hacia Ditee para que ambos acabaran juntos?

Estaba claro, necesitaba la ayuda del señor Valentine.

—Señor Valentine —dijo ella, saliendo de detrás del árbol—. Tengo una propuesta que hacerle.

Se dio la vuelta, con el sombrero todavía cubriendo sus partes.

—¿En serio? ¡Maravilloso!

Aunque estaba más que claro que le estaba tomando el pelo, ella no pudo evitar sonrojarse.

—¡No ese tipo de propuesta!

—¿No? ¿Está segura?

—Por supuesto que lo estoy. Supongo que esa pregunta es una broma.

Drew estudió a la muchacha. ¿Cómo se llamaba? Había levantado la barbilla, pero por una vez le pareció que sonaba un poco insegura.

Se inclinó de nuevo, con cuidado de no mover el casco protector que mantenía oculto su pene erecto. Por fortuna, parecía que empezaba a recuperar una proporción más civilizada.

—Vaya, ahí me ha pillado.

Su pelo largo y mojado le empapaba el vestido, un modelo que no tenía forma ni color. La verdad era que, sin él, estaba mucho más guapa.

El pene se le encogió, confirmándolo.

—¿Podría decirme cómo se llama, señorita? —dijo él, acercándose para ponerse a la sombra de los árboles.

Venus dio un paso atrás

—Quédese donde está.

—Si sigo así, al sol, dejando que me dé por todas partes excepto por la que tengo cubierta con el bonito sombrero que me ha prestado, me voy a quemar.

—Oh, vaya —dijo sonrojándose—. Está bien. Quédese ahí, pero no se acerque más.

—Gracias.

«¿Es que a esta muchacha no le habrá enseñado nadie a comportarse con cordura?», se preguntó él. Estaba claro que no era una criada, ni tampoco una campesina en busca de un revolcón. Y ese no era el único peligro que la acechaba.

—¿No se le ha pasado por la cabeza que de haber querido hacerle daño ya habría podido hacérselo? Se ha arriesgado tontamente viniendo sola a un sitio tan apartado para bañarse.

—No he venido sola, sino con mi perro, *Archie*.

—¿Ese animal tan vicioso? —El perro estaba tras él, restregándosela contra la hierba—. Muy bien, en ese caso tendré que suponer que habría acudido en su ayuda si hubiera tratado de violentarla.

Venus se contuvo y respiró hondo, antes de volverse hacia una sombra blanquecina. Bien, había llegado el momento de dejarle la cosas bien claras a aquella joven.

—La verdad, de poco le habría servido si usted se hubiera golpeado la cabeza al caer al agua.

—Ya le he dicho que soy una buena nadadora.

—Incluso las buenas nadadoras no deberían nadar a solas.

Ella lo miró; él le devolvió la mirada. Esta vez, el silencio que había entre los dos no estaba cargado del aire que se respira durante un juego de seducción. Uno de los amigos de él había muerto ahogado hacía pocos años, precisamente en un estanque muy parecido a aquel. Con el agua no se jugaba.

Acalorada, Venus apartó la vista.

—Quizá yo le parezca mandona, pero sospecho que usted puede resultar bastante dominante. ¿Cómo se las arregla el duque para tratar con usted?

Él sonrió.

—La verdad es que no lo sé.

En algún momento tendría que decirle quién era en realidad, pero quería posponerlo tanto como le fuera posible.

Desde luego, si alguien le hubiera dicho que se vería en una situación así, de pie, desnudo, con un sombrero de señora como único recurso para taparse lo imprescindible, junto a un estanque en un día soleado, hablando con una mujer sobre perros y natación, en lugar de acerca de camas y de lo que podría hacerle en una de ellas, se habría muerto de risa.

—¿Y usted se llama?

Bajó la vista como para mirarse la nariz, aunque, en realidad, no dejaba de echar un ojo al torso y a los hombros de él .

—Soy la señorita Venus Collingswood. Mi padre es el vicario.

—Ya veo.

Desde luego, las hijas de los vicarios podrían ser muy resultonas en la cama, pero había que casarse con ellas, no eran buenas candidatas para simples devaneos.

Por de pronto, aquella situación le estaba resultando más emocionante que deprimente. Prueba de ello era que una prominente parte de sí mismo compartía el entusiasmo del momento. Tenía que dar mil gracias a Dios por aquel bendito sombrero.

—¿Y qué me propone?

—Mi hermana mayor, Afrodita...

—¿Qué? —Según parecía, sus padres habían elegido para sus hijas el nombre de una diosa del amor.

Ella se ruborizó.

—Papá y mamá son personas estudiosas de los clásicos. Él se echó a reír.

—Por suerte, no tuvo usted ningún hermano.

—¿Por qué?

La señorita Collingswood, Venus, le estaba mirando otra vez al torso. Era una pena que la muchacha se hubiera vestido ya; a él le habría gustado mucho estudiar también su pecho, y hacerlo empleando mucho más que los ojos.

Después de todo, ya que llevaba el nombre de una diosa del amor, debería aprender un poco acerca de sus misterios.

—Porque un hombre que se llamase Eros o Cupido hubiera hecho un ridículo espantoso.

—Oh, vaya. —Ella retiró los ojos de los hombros de él para mirarlo a la cara—. Me temo que tiene razón.

—Pues claro que la tengo. Me parece que usted no sabe mucho de dioses clásicos, ¿verdad?

Venus levantó la barbilla.

—Puedo leer latín y griego tan bien como cualquiera, aunque la verdad es que me interesa más la actualidad que la historia. —Respiró hondo y, al hacerlo, movió un poco los hombros—. Eso sí es que puede decirse que en Little Huffington sucede algo de interés actualmente.

Drew sonrió.

—¿Es que este pueblo es muy aburrido? —inquirió él sonriente.

—No si lo que te gusta es que te hablen de ovejas y campos de cultivo, plagas o el reumatismo de alguien.

El joven amplió su sonrisa.

—Caramba, en ese caso, si alguna persona decide darse un paseo por el estanque en un día como hoy, estoy seguro de que eso daría mucho más que hablar en Little Huffington que el ganado o las enfermedades. No sé si se habrá dado cuenta, pero sigo desnudo.

La señorita Collingswood dio un brinco y se puso a mirar a su alrededor.

—Vaya, creía que lo había advertido. De hecho, me había parecido que me estaba mirando al... —le provocó él divertido.

—¡Cállese, por favor! Nadie suele venir por aquí.

—Así que usted viene a este lugar a menudo, ¿verdad?

—Claro que no. ¿Por quién me ha tomado?

Drew se encogió de hombros.

—Podría ser un sitio muy concurrido, como bien sabe.

Ella casi le siseó.

—Esto es propiedad del señor Blant, ahora del duque. Nadie debería venir aquí.

Él inclinó la cabeza.

—Cierto. ¿No haría eso de usted una...?

—¡Es usted imposible! —le gritó, mirando de nuevo a su alrededor—. ¿De verdad cree que a alguien se le ocurriría venir por aquí?

—No tengo ni idea, pero qué más da. Siga usted con esa propuesta que iba a hacerme —dijo él, al tiempo que movía el sombrero ligeramente—. O quizá sea yo quien acabe por hacerle una.

Venus lo miró.

—Tal y como intentaba decirle antes, antes de que usted me interrumpiese, Afrodita, mi hermana mayor, es muy bella.

—¿Más que usted?

Ella levantó las cejas.

—No se haga el tonto.

—No me lo estaba haciendo —repuso él.

—Vaya —dijo ella sorprendida, mientras lo miraba confusa, casi con cautela—. Bien, veamos, sí, ella es mucho más guapa que yo. Tiene el pelo de color rubio platino y los ojos más azules que jamás... Estoy segura de que, si estuviera en Londres, todos la considerarían una gran belleza.

—Ya veo. ¿Y dónde está el problema? ¿Acaso no consigue decidir con quién casarse? Seguro que debe de tener muchísimos candidatos a sus pies deseosos de que acepte a alguno de ellos.

—Pues no los tiene —dijo Venus, dando un paso hacia delante y acercándose a él, para mirarlo muy seria con sus ojos marrones—. Ya ha cumplido veintitrés años y, por lo que yo sé, nunca ha pasado de tener una mínima conversación con un caballero. Si un hombre no sale en las páginas de algún texto griego o romano ni siquiera se da cuenta de que existe. Además, es como si a papá y mamá no les importase y estuvieran tan contentos de que mi hermana se quedase a vivir con ellos toda la vida.

Ahora Venus estaba mucho más cerca. Tanto que habría podido tocarla.

Drew apretó el sombrero con firmeza, con las dos manos. Nada de tocarla. Tenía que mantener las manos quietas, maldita sea.

—¿Y por qué tendría que ser eso un problema si tanto sus padres como su hermana están conformes? —Ojalá las madres londinenses tuvieran tan poco interés en lanzarle a sus hijas a la cabeza.

La señorita Collingswood se quedó boquiabierta.

—Pero es que Ditee es tan encantadora. Es un pecado que se pase la vida aislada del mundo en este pueblo alejado de todo.

—¿Por qué?

—Porque tiene que hacer cosas grandes, llegar a algo grande. Podría convertirse en... ¡duquesa!

Vaya por Dios. Tener una duquesa significaba convertirse en un pobre y sacrificado duque, y él era el único con ese título en aquel lugar. La verdad, a él le apetecía mucho más cortejar a otra damisela, incluso aquí, en el aburrido Little Huffington.

—No es que yo vaya a empujarla, ni que pudiera hacerlo, para que tomase en consideración al duque de Greycliffe —decía la señorita Collingswood—, pero había pensado que, ya que viene por aquí, sería una pena que no se conocieran.

Drew se temía que se había quedado con la boca abierta. La cerró. No estaba mal. La muchacha había creído que él era Nigel.

—La señora Edgemoor había pensado, aunque creo que se debe de haber confundido... —dijo ella, mirándolo esperanzada— que el duque no está casado. ¿Lo está?

—No —dijo él, sin poder evitar un ataque de risa, a pesar de que le parecía del todo inapropiado. Tuvo que morderse la lengua para contenerse—. No lo está.

Ella asintió con la cabeza.

—Bueno es saberlo. Y como usted es un hombre y su primo, quizá no sea el mejor para pedirle una opinión pero, no obstante, dígame: ¿es por lo menos un hombre presentable? No hace falta que sea atractivo, aunque sería mejor que, como mínimo, no fuera, bueno, ya sabe...

—¿Feo? —Por todos los dioses. Ahora sí que no iba a poder contener la risa—. ¿Horrible? ¿Que provoque pesadillas?

—Oh, vamos, basta ya. Me está tomando el pelo. —Venus hizo una pausa y lo miró de reojo—. ¿Es feo o no?

—Creo que, en general, las mujeres no huyen despavoridas cuando le ven.

—También convendría que fuera inteligente, incluso un poco erudito.

—Bien... Tiene un nivel excelente en matemáticas y otras ciencias, aunque, en cuanto a cultura clásica, no es más que un estudiante normal. Nigel, no obstante, puede que comparta el interés por los textos griegos y latinos con la señorita Afrodita Collingswood.

—Por lo menos tendrá muchos libros, ¿verdad? Creo que una biblioteca bien surtida impresionaría a Ditee más que cualquier otra cosa.

—Oh, sí, claro. Tiene una biblioteca espectacular.

Eso era cierto de Nigel, desde luego. El emparejamiento que la señorita Collingswood estaba sugiriendo le resultaba de lo más estimulante, no para él y su hermana, sino para Afrodita y Nigel. Y, ciertamente, podría funcionar muy bien.

Venus Collingswood le guiñó un ojo.

—Espléndido. Entonces, ¿cree que podría persuadir al duque para que nos invitase a Hyndon House? Creo que conseguir que papá y mamá le inviten a usted a la casa parroquial sería mucho más difícil, y puede estar seguro de que cualquier invitación que le hiciera la señora Higgins, la esposa del hacendado, no incluiría a Ditee.

—¿Es que la señora Higgins tiene alguna hija pendiente de casar?

—Sí, Esmeralda. ¿Cómo lo ha sabido?

Drew se encogió de hombros

—Porque no debe de resultar nada fácil conseguir que tu propia hija destaque cuando se tiene cerca a una belleza como usted.

—No, yo no. Se está usted refiriendo a mi hermana Afrodita.

—¿Usted cree?

Ella lo miró desconcertada de nuevo y frunció el ceño.

—Pues claro, no sea tonto.

—Mmm... —Desde luego, algún día tendría que besarla—. De acuerdo, está bien. No obstante, creo que hay un problema. La nuestra es una casa de solteros, no podemos invitarlas a su hermana y a usted a tomar té como si tal cosa.

—Oh, claro. Lo comprendo —dijo Venus, mordiéndose el labio inferior.

—Además, se me ocurre pensar que sería motivo de agravio para la señora Higgins el hecho de que las invitara a ustedes y a sus padres, y no a ella. Se ofendería.

Venus asintió.

—Me temo que está en lo cierto. ¿Qué podemos hacer entonces?

Lo que él debería hacer era decirle quién era en realidad, pero la tentación de seguir con aquella farsa de que ella siguiera pensando que no era más que un tal señor Valentine era algo a lo que no podía resistirse.

—Tal vez podríamos organizar un día de puertas abiertas para que viniera todo el mundo. —Algo con tanta gente que le permitiera, por unos días, evitar decirle de inmediato quién era en realidad—. O una fiesta en el jardín. Estoy un poco preocupado, quizá a la señora Edgemoor no le gustase tener tanta gente en mi... esto, en la casa del duque. Hemos venido sin avisar y ahora, si le proponemos algo así...

—No se preocupe. No hay por aquí tantas familias a las que invitar, y ya hablaré yo con la señora Shipley, nuestra ama de llaves. Ella y la señora Edgemoor son amigas. Estoy segura de que le encantará echar una mano.

—Muy bien. En ese caso, veré qué puedo hacer.

—¿Cree que podrá convencer al duque? —preguntó ella, mirándolo esperanzada y ansiosa por oír de sus labios una respuesta positiva.

—No lo dude. Ahora, cierre los ojos.

—¿Que cierre los ojos? ¿Para qué?

—Porque ahora que ya se ha vestido, debo marcharme y devolverle este bonito sombrero que me ha prestado —dijo él, sonriente, al tiempo que se acercaba un poco a ella—. A no ser que quiera ver lo que hasta ahora ha estado ocultando.

Ella contuvo la respiración y se sonrojó una vez más.

—No, no, claro que no.

¿Acaso al decirlo había dejado que en su voz se percibiera cierta indecisión? Si así era, controlaría de inmediato cualquier tentación, así que apretó los párpados con fuerza para cerrar bien los ojos.

¿Podía él, no obstante, dominar su escasamente respetable urgencia? Drew se puso a mirarla.

Justo en ese instante, ella abrió un poco un ojo.

—Vamos, devuélvamelo ya —dijo alargando la mano para recoger el sombrero, con cuidado de no acercarla mucho—. Deme el sombrero.

—¡Qué impaciente! No lo haré mientras no deje de intentar ver algo.

—Oh, por Dios. De acuerdo, está bien —dijo ella, al tiempo que apretaba los ojos un poco más.

Drew no confiaba en que aquella muchacha tuviera mucha paciencia. Le devolvió el sombrero poniéndoselo en la cabeza y sonrió. Tendría que enseñarle a ser más paciente, claro que sí. Le ató el sombrero con la cinta, bajo la barbilla y luego se acercó a ella. Pasó los labios muy cerca de los de ella y le dio un beso en la mejilla.

Venus contuvo la respiración, pero él se forzó a darse la vuelta y salir corriendo hacia el estanque sin volverse para mirar atrás.

Capítulo 3

Drew encontró a Nigel leyendo en el estudio.

—Te has dado un paseo mucho más largo de lo que esperaba —dijo Nigel, mirando a Drew por encima de los cristales de sus gafas. Levantó una ceja—. ¿Acaso hacía mal tiempo, había tormenta?

—No —repuso Drew, dejándose caer en la silla de piel que estaba frente a la de Nigel, junto al fuego, y apoyando una pierna sobre uno de los brazos de la silla.

—Ya me parecía. No he oído que el agua diera contra las ventanas —comentó Nigel que, seguidamente, dejó las gafas y el libro que estaba leyendo en una mesita auxiliar, levantó su copa de *brandy* y miró a Drew—. ¿Vas a decirme por qué has vuelto así, con el pelo mojado, o tendré que adivinarlo por mi cuenta?

Desde luego, hacer que Nigel lo adivinara sería divertido, aunque lo cierto era que necesitaba la cooperación de su primo para llevar a cabo su plan.

—Te lo diré. Me he dado un baño.

—¿De veras? No sueles salir para darte un baño si no conoces el lugar, por cerca que esté. De hecho, creo recordar que desde que Bentley se ahogó siempre te has opuesto a que nadie, ni siquiera tú mismo, vaya a nadar a solas por ahí.

Maldito Nigel, le conocía demasiado bien.

—No estaba solo.

Nigel casi se atraganta con el trago de *brandy* que se estaba tomando.

—Eso es distinto.

Drew empezó a balancear los pies adelante y atrás. ¿Cómo le diría a Nigel lo de la señorita Collingswood? Si le contaba que se la había encontrado nadando desnuda le daría una imagen errónea de su persona. O, por lo menos, creía que así sería. Tenía que recordar que no la conocía bien, aunque mientras hablaban se había sentido como si eso no fuera así, como si fueran amigos desde siempre.

Pero no eran amigos. Tan solo conocidos y poco más, pero, aun así...

Él siempre había pensado que las historias de amor a primera vista eran tonterías, y sin embargo ahora ya no estaba tan seguro. De alguna manera, se sentía más vivo junto al estanque con la señorita Venus Collingswood de lo que nunca antes se había sentido. Los colores le parecían más brillantes, los olores más frescos; y, demonios, ahora mismo estaba sonando como un estúpido poeta. Pero, definitivamente, sentía una energía, un entusiasmo en lo que respectaba a ella que le resultaba muy seductor, casi tanto como su bonita cara y sus formas.

Miró a Nigel de reojo otra vez. Quizá su buen humor le sirviera de inspiración.

—¿No me vas a ofrecer una copa?

—El *brandy* es tuyo —le dijo Nigel, volviendo la cabeza hacia la vitrina que había en la pared—. Sírvete tú mismo y, de paso, tráete la botella. Me da la sensación de que me va a hacer falta algún tipo de refuerzo.

Estando su primo de tan buen humor, o, mejor aún, un poco ebrio, quizá fuera mejor. Drew sacó el *brandy* de la vitrina y se lo pasó a Nigel tras servirse una copa.

—¿Te escondes de la señora Edgemoor?

—Pues claro que me estoy escondiendo de la buena mujer, aunque yo diría que «esconderse» no es el término más correcto —dijo Nigel rellenando su copa—. De hecho, lo que estoy haciendo es tratar de reducir el número de veces que tengo que encontrármela mientras siga creyendo que yo soy tú. Supongo y espero que habrás recuperado el buen juicio y que pronto acabarás con esta ridícula charada.

Drew gruñó y paseó la vista por la habitación.

—¿Es la biblioteca de Blant lo que esperabas?

—Sí —dijo Nigel. Los ojos le brillaban. Se echó hacia delante—. El tipo tiene una colección impresionante de... —entonces se detuvo—. Ah, no, no, no. No vas a distraerme de lo que te estaba diciendo. ¿Cuándo vas a decirle a la señora Edgemoor que eres Greycliffe? Me ha puesto en la habitación del amo, ya lo sabes.

—Excelente.

Nigel lo fulminó con su mejor mirada de primo mayor.

—Drew, tienes que decirle quién eres.

—No veo por qué razón —repuso éste, volviéndose a sentar—. En realidad, que la señora Edgemoor no lo sepa es algo que me interesa bastante.

—Ya veo. —Nigel entrecerró los ojos—. O, mejor dicho, no, no lo veo. Pensé que esta mascarada era solo un capricho pasajero.

—Y así era —dijo él sonriente—. Pero es que ahora hay algo más.

Nigel se quedó mirándolo, pensativo, intentando adivinar de qué se trataría; seguro que no tardaría mucho en dar con ello.

—Me apuesto algo a que tiene que ver con la persona con la que fuiste a nadar, y por fu falta de franqueza tengo que suponer que se trata de una mujer.

—No fui a nadar con ella: la rescaté. Creí que se había caído al agua y se estaba ahogando.

—Muy bien, pero eso no explica por qué tengo que seguir fingiendo que soy el duque.

Drew se quedó mirando al fuego.

—Ella sabía que íbamos a venir, aunque creía que llegaríamos la semana que viene.

—Como así habría sido de no habérsete metido en la cabeza huir de Londres.

Drew sonrió, mirando de nuevo a Nigel a los ojos.

—No es que tuviera que traerte precisamente a rastras. Tenías tantas ganas de librarte de la viuda Blackburn como yo de lady Mary.

Nigel asintió. En eso su primo tenía razón.

—Cierto. Por todos los santos, es que la viuda Blackburn está loca. ¿Por qué diablos se le habrá pasado por la cabeza que tengo algún interés de casarme con ella?

—¿Quizá porque se trata de una mujer respetable y porque te has estado acostando con ella?

Nigel resopló.

—No es que me parezca precisamente muy respetable... Además, sabes bien que no soy el primero ni seré el último hombre que duerma entre sus sábanas.

—Pero sí eres el más rico, y parecías enamorado.

—¿Enamorado? No lo creo. Oh, de acuerdo, es cierto que me dejé llevar por sus considerables atributos —dijo Nigel, al tiempo que hacía un movimiento con las manos que indicaba redondez—, y la verdad es que es muy creativa en la cama, pero no se puede hablar con ella de nada, entiende lo mismo que si le hablas a un nabo. He terminado con ella —apostilló, levantando su copa para brindar antes de tomarse un buen trago.

—Eso está bien —dijo Drew con una sonrisa—. No es que estuviera precisamente ansioso por darle la bienvenida a la familia.

Nigel levantó una ceja.

—A mí tampoco me apetecía dársela a lady Mary.

—Tranquilo, que eso no va a suceder.

—Yo no estaría tan seguro. Su última treta casi estuvo a punto de dar resultado. Si Sherrington no hubiera estado contigo cuando te la encontraste en tu carruaje, puede que ahora estuvieras de pie frente al altar.

Drew frunció el ceño y se deslizó más hondo en su asiento.

—Por nada del mundo me casaría con esa arpía, ni siquiera aunque se las arreglara para colarse desnuda en mi cama. Ser duque te proporciona algunos privilegios.

—Cranmore también es un duque.

Maldita sea, Nigel tenía razón, por supuesto.

El padre de lady Mary era un viejo verde, pero uno con un blasón familiar ducal. Había estado cerca aquella noche en Vauxhall, y ese era el motivo por el que había decidido escapar a aquella remota parte del país.

Necesitaba una manera infalible de escapar de las garras de su hija...

Matrimonio. La bigamia era ilegal, así que si él ya estaba casado, o por lo menos prometido, la próxima vez que se encontrase a aquella mujer se encontraría a salvo.

Otro buen motivo para cortejar a la señorita Venus Collingswood.

—Volvamos ahora a tu compañera de baño —dijo Nigel—. Así que la muchacha sabía que íbamos a venir. Eso no me sorprende. Este es un pueblo pequeño;

las noticias deben de viajar como el viento. Cuando te vio, un extraño bien vestido... —Nigel se detuvo, con la boca ligeramente abierta, y luego se llevó una mano a los ojos—. Oh, Dios, estabas en el agua. Por favor, no me digas que estabas desnudo.

Drew no tenía intención de contarle nada de eso a su primo.

—Espero que lo que ella viera fuese a un extraño bien vestido —murmuró Nigel—. En cualquier caso, ella debe de haber llegado a la conclusión obvia de que tú eres el duque. Yo diría que es un poco tarde para pretender ser yo, a no ser... —Nigel suspiró—. Ya veo. Ella creyó que tú eras yo.

—Exacto. Según parece, mi aspecto no es muy ducal des... —Drew tosió—. Mojado.

Nigel arrugó el entrecejo, pero por fortuna no hizo ningún comentario acerca de su pequeño desliz.

—¿Y por qué no la sacaste de su error?

—Porque quería que creyera que yo era tú.

Nigel abrió los ojos como platos.

—Por Dios, ¿has perdido la cabeza?

—Claro que no. —Drew apoyó los codos en las rodillas y se echó hacia delante—. ¿No te das cuenta? Una de las maldiciones que van unidas al título de duque es que nunca puedo saber si las mujeres se sienten atraídas por mí o por mi título.

—¿Acaso importa? La mayoría de los tipos que conozco estarían encantados de llamar la atención de todas las bellezas de la temporada social, fueran respetables o no.

—Ellas no buscan llamar mi atención, sino la del duque de Greycliffe.

Nigel arqueó las cejas.

—En ese caso, no servirá de nada que te recuerde que tú eres el duque de Greycliffe, ¿verdad?

—No.

Nigel lo miró un rato más y luego movió la cabeza antes de suspirar.

—Muy bien, trataré de mantener esta charada, pero deberías saber que puede traerte consecuencias desagradables. No quiero ni imaginarme a la señora Edgemoor cuando se entere de que la has estado engañando.

Drew se echó hacia atrás y sonrió. Gracias a Dios, Nigel aceptaba seguir interpretando su papel un poco más. Y quizá, si Afrodita era tan hermosa y estudiosa como Venus se la había descrito, puede que él mismo no fuera el único en verse atrapado en el cepo del clérigo como resultado de esta visita.

—No te preocupes. Solo nos quedaremos aquí unos días. —Pero incluso aunque permanecieran allí más tiempo, le apetecía representar aquella mascarada. Venus Collingswood tenía algo que le atraía como a un imán los trocitos de acero—. Me disculparé ante la señora Edgemoor personalmente si nos descubren.

—Te das cuenta de que a esta muchacha a la que pareces tener tantas ganas de ver no le apetecerá en absoluto verte a ti. Y, por cierto, ¿quién es? Espero que se trate de alguien mínimamente respetable.

—Por supuesto. Es la hija del vicario del pueblo, la señorita Venus Collingswood.

No había pensado mucho en la reacción de Venus a su plan, pero ahora mismo eso no le preocupaba. Si los acontecimientos se desarrollaban como esperaba, él se encontraría en una posición más que agradable para calmar su ira. Lo estaba deseando.

Nigel seguía ensimismado como si estuviera tratando de recordar algo.

—Collingswood. Venus Collingswood —dijo entre dientes—. ¿Por qué diablos me resulta ese nombre familiar?

—No creo que te la hayan presentado. Me dijo que su familia y ella nunca salían de Little Huffington.

Nigel seguía cavilando.

—¿Tiene familia?

—Como la mayoría de la gente.

—Ya lo sé, idiota —exclamó Nigel enfadado—. ¿Cómo se llaman?

Mejor no dejar que su primo viera sus cartas si quería que cooperase.

—Solo conozco el nombre de su hermana mayor.

—¿Qué se llama?

—Afrodita, aunque cómo podrías...

—¡Eso es! —exclamó Nigel chascando los dedos—. Afrodita Collingswood.

—¿Conoces a la señorita Collingswood?

Maldita sea. No habría manera de que Nigel ocupara su puesto como duque de Greycliffe si conocía a la familia.

—No. Me carteé durante un tiempo con su padre en relación a un breve tratado que él había escrito para *The Classical Gazette*. En una de sus cartas mencionó que su hija Afrodita le había ayudado. Afrodita no es un nombre que uno pueda olvidar fácilmente.

Venus le había contado que su hermana era una estudiosa, pero Drew había pensado que exageraba. Quizá no hubiera sido así.

—Parece que esa mujer es muy inteligente.

—Desde luego, su padre así parece creerlo.

—¿Cómo? ¿Acaso intentaba que te interesaras en ella como esposa?

Nigel acababa de dar un sorbo al *brandy*; lo escupió de vuelta al vaso.

—En absoluto.

Drew hacía tiempo que sospechaba que su primo no estaba interesado en la mayoría de mujeres que le presentaban porque todas le parecían cabezas huecas. Puede que la hermana de Venus fuera justo la horma de su zapato.

—Venus dice que Afrodita es muy guapa.

—Según parece la joven dama es todo un ejemplo —dijo Nigel, sacando su reloj de bolsillo y mirando la hora—. Creo que ya llevo escondido aquí el tiempo suficiente. Ahora voy a ocultarme en mi dormitorio un rato... ¿Seguro que no quieres quedarte en la habitación principal?

—Claro que no. Estoy decidido a representar el papel de señor Valentine tanto como pueda. Y Afrodita no es tan joven; tiene veintitrés años.

—¿Y todavía no se ha casado? —rió Nigel—. Pues debe de tener algún defecto muy grave entonces, y no me creo que los hombres del pueblo estén ciegos...

Nigel se levantó.

Drew también.

—Sospecho que ninguno le ha interesado lo suficiente como para que dejase los libros de lado —dijo sonriendo—. Eso es algo que deberías entender muy bien.

Nigel levantó las cejas.

—¡No me digas que paso demasiado tiempo estudiando! Estoy aquí porque quiero quitarme de encima a la viuda Blackburn, ¿se te había olvidado?

—Muy bien. No obstante, tengo que advertirte que Venus es un poco casamentera. Espera que nuestra llegada al pueblo anime un poco las perspectivas matrimoniales de su hermana Afrodita. —Drew se encaminó hacia la puerta, como para asegurarse la retirada—. Creo que a ella le parece que su hermana sería una duquesa estupenda.

—Así que quiere pescar a un duque para su hermana, ¿no es eso? —dijo Nigel entre risas—. Entonces, Drew, prepárate.

—No, yo no tengo que preocuparme. Recuerda, Venus cree que el duque eres tú.

Drew cerró la puerta mientras Nigel no cesaba de proferir los juramentos más originales.

*

—¡Oh! —exclamó Venus.

La joven acababa de pincharse en un dedo por tercera vez. Miró la gota de sangre que manaba del pinchazo y se llevó el dedo a la boca. Si seguía a ese ritmo, el pañuelo que estaba bordando acabaría siendo más rojo que blanco.

—¿Decías algo, cariño? —preguntó su madre, levantando la vista del libro que estaba leyendo; incluso Ditee la miró durante unos segundos.

Papá estaba en el estudio, escribiendo su sermón del domingo. Los sermones no eran su fuerte. Maldecía un sorprendente número de veces mientras luchaba para conseguir que de su pluma saliera un mensaje moderadamente edificante, así que las mujeres habían preferido retirarse a otra estancia, al salón de las mañanas.

—No, mamá. Tan solo me he pinchado en la yema del dedo con la aguja.

Su madre levantó una ceja y volvió a su lectura.

—Quizá deberías salir y darte un paseo. Pareces muy inquieta.

Venus se tragó una carcajada casi histérica que estuvo a punto de escapársele. ¿Dar un paseo? ¡Por Dios! Precisamente el paseo de ayer era el motivo de la agitación que hoy sentía. No el paseo en sí mismo, claro, sino lo que había sucedido cuando llegó al estanque.

Cerró los ojos mortificada, pero volvió a abrirlos de inmediato.

La visión del cuerpo desnudo del señor Valentine debía de habérsele grabado a fuego en el dorso de los párpados, pues cada vez que cerraba los ojos lo veía con todo detalle. Anoche le había resultado casi imposible conciliar el sueño.

Apretó los labios, aunque con eso no consiguió reprimir mucho un gemido. Su madre la miró preocupada y, al mismo tiempo, un poco enfadada, pero por suerte no le hizo ningún comentario.

Y no era solo la imagen del señor Valentine lo que la torturaba: su propio cuerpo recordaba muy bien la sensación del brazo desnudo de aquel hombre sujetándola por el trasero, de sus manos moviéndose sobre su piel y del tacto suave y casi imperceptible de su beso.

Se levantó de la silla. Debía de estar poniéndose enferma. Le dolía todo. Los pechos y... Estaba húmeda. Mejor sería no pensar en nada de eso.

La única manera que había encontrado de controlar la fiebre que la consumía era pensar en la impresión que le habría causado a aquel hombre: entonces se acaloraba de nuevo. Pero era un calor distinto.

¡La había pillado nadando desnuda! Ninguna mujer de buena cuna, ni de ningún tipo, hubiese hecho nada parecido.

Y él la había estado mirando. Le había visto partes en las que ella ni siquiera se había fijado mucho.

—Venus, por favor. Si no quieres darte un paseo, quizá puedas encontrar alguna otra cosa que hacer... en otra parte —dijo su madre—. Con tanto moverte y retorcerte nos distraes.

Mama y Ditee la estaban mirando.

—Sí, mamá. Lo siento —repuso ella, levantándose y llevándose el bordado para continuar con él en su habitación.

Pero no valía la pena esforzarse en seguir bordando. No podía de lo nerviosa que estaba y no dejaba de pincharse más que si fuera un alfiletero.

Dejó su costurero sobre el escritorio y se puso a mirar por la ventana. Por suerte, la ventana de su cuarto se abría en dirección al estanque, aunque, claro, aquel lugar quedaba demasiado lejos y escondido tras el bosque, así que no se podía ver desde allí. No importaba. Ella sabía que el estanque seguía en el mismo sitio.

Apoyó la cabeza en el cristal. ¿Cómo podría volver a ver al señor Valentine sin morirse de vergüenza? Y encima le había convencido para que invitase a todos los de Little Huffington a Hyndon House. Todo el pueblo disfrutaría del espectáculo de ver a la señorita Venus Collingswood poniéndose roja como un tomate y acalorándose. La señora Higgins y Esmeralda se divertirían más que nadie.

Venus se enderezó. No. Ella estaba hecha de una pasta mucho más dura que todo eso, o, por lo menos, así debería ser. Tenía que recordar a Ditee. El señor Valentine no era más que un medio para conseguir un fin, una manera de acercar a su hermana hasta el primo del joven, el duque. Después podría romper con todo, mal que le pesara. Un buen partido londinense tan atractivo como el señor Valentine habría visto a muchas mujeres desnudas en su vida y... a buen seguro ya habría hecho muchas cosas con ellas. Aunque, a decir verdad, ella no sabía muy bien qué cosas eran aquellas. Lo más seguro era que ya se hubiera olvidado de una más, delgaducha y sin importancia, que se había encontrado un día en el campo.

Pero no se habría olvidado de organizar la fiesta, ¿o sí? La señora Shipley había dicho que el duque y él no iban a quedarse mucho en Hyndon House. No había tiempo que perder.

Le escribiría una nota. Sí, no sería muy propio de una señorita, pero qué mas daba. Esto eran negocios, nada más. Le recordaría el asunto de la fiesta y, si todavía no la había planeado, quizás eso le sirviera a Valentine para ponerse en marcha y sugerir que tal vez le apeteciera venir con su primo al pueblo mañana por la tarde para que pudiera conocer a Ditee antes del acontecimiento.

Mojó la punta de la pluma en la tinta. Hacer que Ditee fuera al pueblo sería una tarea hercúlea en sí misma, pero ese era un problema en el que ya pensaría mañana.

✳

Drew estaba hablando con la señora Edgemoor acerca de la fiesta cuando la señora Shipley llegó. La señora Edgemoor se había tomado lo de la fiesta mucho mejor de lo que se esperaba; desde luego, bastante mejor de lo que Nigel había predicho en el estudio acerca de que les descubrirían y sería un desastre.

Aunque Nigel tuviera razón, lo cierto era que uno necesitaba de vez en cuando un poco de emoción en la vida.

—Vaya, Lavinia —dijo la señora Edgemoor—, ni te imaginas lo que tengo que contarte. El señor Valentine, aquí presente, dice que el duque va a organizar una fiesta para el vecindario. —La voz de la mujer era una mezcla de horror y entusiasmo a partes iguales—. ¿Cómo me las voy a arreglar?

—Yo te ayudaré, Maud. No te preocupes. —La señora Shipley se quitó el sombrero y sonrió a Drew—. Deja que le dé esta nota al señor Valentine y después charlamos un rato sobre cómo organizarlo todo.

La mujer alargó la mano para darle al señor Valentine la carta y luego salió de la estancia con la señora Edgemoor.

Al leerla, el hombre frunció el ceño. En la casa parroquial solo había una persona que se atrevería a mandarle un mensaje, pero nunca hubiera adivinado que aquella muchacha fuera tan audaz. De pronto, el corazón se le endureció como si fuera una piedra. Había pensado que Venus sería distinta, pero, según parecía, se había equivocado. Las libertinas codiciosas no solo se encontraban en la ciudad, y buscaban meterse en los calzones de cualquiera, no solo en los de un duque.

Debería tirar a la basura aquel mensaje sin leerlo: desde luego, Nigel lo hubiera hecho. A veces, o mejor dicho, casi siempre, pensaba que su primo sería mejor duque que él.

Hizo un gurruño con el papel pero, antes de echarlo al fuego, la curiosidad le aguijoneó de nuevo. Lo deslió, lo leyó y se rió a carcajadas.

Estimado señor Valentine:

Por favor, disculpe mi atrevimiento al escribirle, pero creo que debo hacerlo, por mi hermana, puesto que según tengo entendido el duque y usted no planean quedarse en Little Huffington durante mucho tiempo. Le ruego que no se ofenda porque le recuerde que usted pensó que quizás al duque le gustaría invitar a la gente del vecindario a Hyndon House. Antes de eso, le informo de que mañana por la tarde mi hermana y yo estaremos en el pueblo, por si al duque le apeteciera conocerla en un entorno menos formal.

Muy atentamente:
La señorita Venus Collingswood.

Desde luego, aquello no tenía nada que ver con la apasionada misiva que él se había temido. Su letra era precisa, muy parecida a la de una colegiala, y el tono... Sonaba como la vieja tía solterona de una familia cualquiera. Seguro que antes de enviársela había escrito más de un borrador. Se apostaría algo a que había sido así.

El corazón se le animó; bueno, el corazón y algún que otro órgano de su cuerpo. Desde luego, Venus no tenía nada que ver con una tía solterona, ni vieja ni nada parecido. La verdad era que había pasado la noche bastante inquieto soñando con ella: con su fina cintura, sus exquisitos pechos, la suavidad de su piel y aquel cabello de seda... que tanto contrastaba con su afilada lengua. Oh, Dios, al pensar en su lengua y en las muchas maneras en que podría juguetear con ella... se había sentido casi forzado a masturbarse, algo que no había hecho desde que era un adolescente.

Dobló la carta y se la metió en el bolsillo. Según parecía, Nigel y él tendrían que ir a Little Huffington mañana por la tarde para atender un asunto.

Capítulo 4

—¿Es que no podías dejar ese libro en casa?

Venus levantó la mirada para dirigirla a su hermana según recorrían el camino que llevaba al pueblo. ¿Cómo diablos podía su hermana leer y caminar a la vez?

—Es que estoy en una parte muy interesante —respondió Ditee, al tiempo que fulminaba a su hermana con los ojos antes de pasar página—. Por si se te ha olvidado, yo no te he pedido que viniéramos.

—Incluso mamá ha dicho que te hacía falta una cinta nueva para el vestido azul.

Ditee resopló.

—Ese vestido está bien, más que de sobra, tal y como está. No hace falta malgastar tiempo y dinero añadiéndole más adornos.

—Ditee, pero si tiene ya cinco años.

—¿Y? No me lo he puesto más de dos o tres veces.

Venus respiró hondo. No quería discutir, pero le costaba morderse la lengua.

—Las cintas blancas del vestido se han puesto amarillas con el tiempo.

¿Por qué diablos le importaba a su hermana tan poco su propia apariencia? No es que tuviera que ser una loca de la moda, eso sería un error en un lugar como Little Huffington, donde la última moda siempre llegaba tarde, dos o tres años después de que en la ciudad ya se llevara otra cosa, pero por lo menos estar un poco interesada en lo que una se ponía era algo deseable. Afrodita era tan guapa... Si se arreglara un poco, nadie podría hacerle la competencia.

Los ojos de Ditee pasaron a la siguiente página.

—Nadie se va a fijar en las dichosas cintas durante esa estúpida reunión social. De verdad, no veo el motivo por el que tengo que acompañarte. Me quedaría en casa tan contenta.

Venus asintió con la cabeza al señor Pettigrew, el herrero, según llegaron a las tiendas del pueblo.

—Tal vez, pero incluso papá ha dicho que debes ir, Ditee.

Venus había hecho todo lo posible por convencer a su padre y a su madre de que llevaran también a Ditee tras recibir la invitación que le había llegado esa misma mañana para asistir a la fiesta que el duque organizaba en su jardín. Incluso había señalado que la parroquia donde predicaba papá podría depender de caerle en gracia al duque; Greycliffe podría, por qué no, cambiar de vicario si quisiera y, en ese caso, ¿a dónde irían? En cuanto a la breve mención que había hecho del señor Valentine, bien, no había sido más que un accidente.

Ella frunció el ceño y se miró a los zapatos, que en esta ocasión eran unos de paseo bien resistentes. ¿Por qué no le había dicho Valentine que había escrito a papá? Le dio una patada a una piedra que había sido lo bastante imprudente como para plantarse en medio de su camino y la envió silbando muy lejos. Tras mencionar su nombre, la cara de su padre se había iluminado. Le dijo a su hija Afrodita que tenía que conocer al señor Valentine que, según parecía, era un estudioso del latín. Por supuesto, papá no sabía que el hombre también era un joven atractivo y en edad de casarse; lo único que le importaba era que estaba interesado en los clásicos.

Se suponía que Ditee tenía que conocer al duque, no al señor Valentine, pero ¿qué importaba eso? Un marido era un marido, y si el señor Valentine resultaba más apropiado, que fuera él.

Venus se sentía muy decepcionada.

—No tendrás por ahí un lápiz y un pedazo de papel, ¿verdad? —le preguntó Ditee.

—Claro que no. ¿Por qué demonios debería llevar algo así en el bolso?

Ditee se encogió de hombros.

—No creía que los llevaras; era solo que tenía la esperanza de que quizá fuera así. Debería haberlos traído yo, y lo habría hecho de no haber salido a toda prisa de casa.

—Tú nunca haces nada a toda prisa. He tenido que tirar de ti durante la última media hora antes de que saliéramos.

Ditee suspiró.

—Ya lo ves. Si no me hubieras estado hablando y hablando sin parar, me habría acordado de traerlos. Ahora no tengo con qué ni en qué escribir una nota.

—Puede que el señor Fenwick tenga lápiz y papel en la tienda.

La cara de Ditee se iluminó.

—¡Por supuesto! ¡Vamos! ¡Oh!—Afrodita apresuró el paso y se topó con un hombre que salía de la tienda de rapé y licores del señor Whitcomb. Se dio de bruces con el desconocido, de manera que tuvo que soltar el libro y abrazarse a él para no caerse. El libro cayó en la acera.

El hombre la agarró de los hombros para ayudarla a que se estabilizase.

—¿Se encuentra bien, señorita?

¿Quién era? Parecía un poco más alto que la media, bien vestido —Venus hubiera jurado que su ropa era de Londres— y moderadamente atractivo. Vaya, vaya. ¿Tenía aspecto de duque?

El señor Valentine apareció tras él.

Caramba.

Venus sentía algo parecido a lo que había experimentado en el estanque: casi no podía respirar.

Había soñado con él la otra noche, con sus hombros y su pecho y, ah, con sus partes desnudas. Podía sentir su beso, suave y breve, una y otra vez. Deseaba, ansiaba algo más, aunque no tenía ni idea de lo que era. Se había levantado abrasada, como si tuviera la piel tirante, y con las sábanas revueltas.

Y ahora lo veía vestido. Le seguía pareciendo igual de apuesto, con su camisa blanca de lino, su abrigo oscuro y los pantalones bombachos de ante.

Y con aquellos ojos que parecían hablar, y que sonreían.

Mantuvo la boca cerrada hasta que él se inclinó para susurrarle algo al oído.

—Es bonita, pero no tanto como usted.

Maldita sea, se había quedado otra vez con la boca abierta.

—Sí, sí —decía Ditee. Sonaba tremendamente aturullada. Venus volvió la cabeza para fijarse en ella con más detalle. ¡Por Dios!, ¿su hermana se estaba sonrojando?

—Estoy bien —decía, dando un paso atrás para apartarse de los brazos del hombre—. Lo siento mucho, señor. No miraba por dónde iba. ¿Espero no haberle hecho daño?

—Pues claro que no, ¿señorita...?

—Creo que es Afrodita Collingswood —dijo el señor Valentine—, y esta es su hermana, la señorita Venus.

—Hizo una reverencia—. Nosotros somos, como ya habrá adivinado, el duque de Greycliffe y el señor Valentine.

—¿Cómo está usted, señor... quiero decir, su gracia? —saludó Venus, ya que Ditee parecía haberse tragado la lengua.

El duque miró al señor Valentine, que le devolvió una mirada de enfado. Entonces Greycliffe asintió con la cabeza... Bien, de hecho era más una sacudida de cabeza que un asentimiento, y se inclinó para recoger el libro de Ditee del suelo. Echó un vistazo al título y sonrió al devolvérselo.

—Veo que está leyendo a Horacio.

—Oh —dijo Ditee, aceptando el libro de sus manos—. Sí, gracias. ¿Lo ha leído usted?

—Así es. Horacio es uno de mis autores clásicos favoritos. Creo que me he leído todas sus obras varias veces.

La cara de Ditee se iluminó de un modo que Venus no había visto nunca. Eso la hacía todavía más hermosa, tal y como probó la expresión de aturdimiento que se reflejó en los rostros de los dos hombres.

—Vaya, eso es maravilloso, su gracia. Quizá pueda responderme a una pregunta que se me acaba de ocurrir.

Oh, señor. Si Ditee empezaba a hablar de poesía romana, nunca irían a comprar las cintas que habían venido a buscar.

—¿Podemos acompañarlas a donde van, señoritas? —preguntó el señor Valentine—. Así usted, señorita

Afrodita, y, esto, mi primo podrán hablar sobre Horacio sin que su hermana estalle de impaciencia.

Ditee miró a Venus y luego al duque.

—Pues claro, sí. Sería estupendo. Íbamos de camino a la tienda del señor Fenwick para comprar cinta.

Ese fue un día en el que Venus no dejó de tener la boca abierta. Ditee no les contó ni al señor Valentine ni al duque nada de que la habían obligado a salir a comprar bobadas, por supuesto. Al contrario, Venus nunca había visto a su hermana comportarse de una manera tan amable.

—Muy bien. Vayamos entonces —dijo el señor Valentine, al tiempo que ofrecía su brazo a Venus mientras Ditee y el duque caminaban delante de ellos.

A Venus le temblaban los dedos un poco al colocarlos sobre la manga del señor Valentine. Casi podía ver el brazo desnudo del hombre bajo la tela de la camisa, y recordaba sobradamente cómo lo había sentido alrededor de su cuerpo en el agua.

Se sacudió una mano por delante de la cara. Tenía que dejar de pensar en esas cosas.

—¿Tiene calor? —le preguntó el señor Valentine.

—Sí. Hace un tiempo sofocante.

—No sé. A mí me parece que corre una ligera brisa.

Por todos los santos, ya estaba otra vez. Mejor que cambiara de asunto cuanto antes.

—Tengo una espinita clavada desde el otro día.

—¿De veras? Creo que me estoy comportando como un caballero... ¿Cuál es el problema?

—No se haga el inocente.

Venus le miró a los ojos, a aquellos ojos de color azul profundo con las pestañas largas, muy largas. Parecía un muchacho salido de un coro en lugar del individuo poco de fiar que era.

La sensación de los brazos húmedos de aquel hombre resbalando sobre su piel mojada era tan fuerte que le hizo temblar. Venus se forzó a levantar la mirada y, de repente, vio a su hermana charlando animadamente por primera vez con un hombre casadero. ¡Santo cielo! Afrodita incluso sonreía.

Venus tendría que haberse sentido satisfecha al ver que su plan parecía estar dando sus frutos. Pero no lo estaba. Se sentía demasiado... furiosa con el hombre que caminaba junto a ella.

—No pretendía molestarla —dijo Valentine—. Sinceramente, no quería ponerla en un aprieto.

Ella apretó los dientes.

—Discúlpeme, pero eso me resulta difícil de creer.

Llegaron al establecimiento del señor Fenwick. El duque acompañó a Ditee dentro; Venus se volvió y arrastró a aquel bribón junto a ella.

—Actuó como si no tuviera ni idea de quién era yo cuando nos vimos en el... —Venus se sonrojó—, y luego resulta que me entero de que usted ya había escrito a mi padre.

El señor Valentine la miró con ganas de pelea.

—¿De veras?

—Sí, como bien sabe. Usted le escribió acerca de no sé qué artículo que él había publicado en *The Classical Gazette*. ¿Por qué no lo mencionó?

Él curvó los labios en una media sonrisa.

—Estaría distraído.

—¿Y qué le distrajo? —le preguntó Venus, cruzando los brazos por delante del pecho y arqueando una ceja.

Vaya, la conversación se ponía interesante.

Él miró hacia la calle, para asegurarse de que no venía nadie. Entonces, tiró de la mano de ella, apartándola de la puerta de la tienda. Cualquiera que pasara podría verles, aunque no oír lo que decían.

La sonrisa de él se amplió y los ojos le destellaron, juguetones... y algo más que eso.

—¿Qué era lo que quería preguntarme?

—Sí, verá... —dijo ella confusa. ¿A qué estaba jugando? Él seguía sujetándole la mano mientras dibujaba círculos en la palma con el dedo gordo. Ella podía sentirlo a través del guante y... en su centro, que quizá fuera la forma más educada de referirse a la parte de su cuerpo que empezaba a humedecerse de una manera vergonzosa—. No, no, en realidad, yo no... —Venus contuvo la respiración. Valentine había desplazado el dedo desde la palma de su mano hasta su muñeca, con lo que su indecente centro ahora, además, vibraba.

Ella apartó la mano.

—No entiendo por qué no ha dicho nada de lo sucedido cuando es tan importante.

—Mmm.... —Él parecía estar estudiando su cara. Juraría que en sus ojos podía ver tres llamitas ardiendo en lo más hondo. Entonces bajó a la boca, y ella sintió cómo los labios se le hinchaban—. ¿De qué estamos hablando? —susurró, en voz bastante ronca.

¿De qué?

Ella se moría de ganas de sentir el tacto de los labios de él sobre los suyos. ¿La be...?

¡Dios mío! Venus echó la cabeza atrás.

—No trate de olvidarse de la pregunta. Usted estaba a punto de contarme cómo es posible que se le hubiera olvidado hablarme de la carta que le había escrito a mi padre.

—Vaya, eso es fácil de responder. Porque no estaba pensando en su padre precisamente.

—Entonces, ¿en qué estaba pensando?

Vaya por Dios, preguntarle algo así no había sido buena idea. Si la mirada del señor Valentine le había resultado cálida hasta ahora, en estos momentos era más que abrasadora.

—Estaba pensado en lo bonita que eres con ese cabello castaño y esa piel tan clara que tienes —dijo él, acercándose a ella un poco más y convirtiendo su voz en un susurro profundo y cálido—, y en tus preciosos y encantadores pechos.

A Venus le temblaron las rodillas.

Le puso la mano en el pecho para estabilizarse y no caerse, y en ese instante él se la cubrió con las suyas.

—Y en que cuando cualquier otra mujer se hubiera asustado, tú seguías tan llena de vida —añadió él, apretándole los dedos con fuerza—. Eres un peligro. Lo sabías, ¿verdad?

—No —dijo ella aturdida.

Hubiera querido discutir con él, pero ni la cabeza ni su voz respondían. Le miró a los ojos; su cara brillaba, y no dejaba de mirarla a la boca. Vaya, esta vez la besaría, estaba segura, aquí mismo, en High Street, frente a la tienda de Fenwick, donde todo el mundo pudiera verles.

Tenía que detenerle.

Nadie la había besado nunca. No besado de verdad. Aquel suave tacto de sus labios en el estanque no contaba. Eso solo había sido un aperitivo y... ¿quizás una promesa?

Pero en lugar de eso, levantó la cabeza y cerró los ojos...

Y oyó tras de sí la voz de su hermana Ditee.

—Venus, el señor Fenwick tiene... ¿qué estáis haciendo?

✳

—No estarías pensando en besar a la señorita Venus así, en medio de High Street, ¿verdad? —le preguntó Nigel durante el camino de regreso a Hyndon House.

—Pues claro que no.

Después de todo, no habría sido en medio de High Street...

Maldita sea, casi la había besado a la vista de cualquiera que pasara. ¿Qué diablos le ocurría? Nunca había perdido la cabeza de esa manera y siempre había sido consciente de dónde estaba, excepto en aquella ocasión junto al estanque.

Todo era culpa de Venus. Había algo en ella que hacía que perdiera el sentido. No era solo su belleza; había visto a muchas mujeres bellas en Londres. Era su carácter, su determinación y lo afilado de su lengua. Cuando estaba con ella, se sentía vivo, como si algo emocionante y al mismo tiempo desastroso pudiera ocurrirle en cualquier instante.

Pero lo peor era que también se sentía muy cómodo con ella, como si se hubieran conocido desde siempre.

Su madre había muerto cuando tan solo contaba cuatro años; su padre cuando tenía trece. Como duque, eran muchos los familiares que dependían de él, pero no había tenido una familia desde hacía mucho, mucho tiempo. Siempre se había sentido solo, incluso cuando se encontraba con Nigel. En cambio, cuando estaba con Venus eso no le sucedía.

—Esto no es más que un pequeño pueblo perdido que queda muy lejos de Londres —le decía Nigel—, pero aun así, me jugaría mi renta a que los rumores corren como la pólvora también en este lugar, y más si se trata de que el duque de Greycliffe muestre un marcado interés por cierta damisela del condado. Eso llegaría hasta la ciudad más rápido que el viento.

Probablemente, Nigel tenía razón. Demonios, hasta los rumores más extendidos en Londres le pasaban desapercibidos aunque se plantaran delante de sus narices. Sin embargo, había un detalle que Nigel había pasado por alto.

Drew sonrió.

—Los rumores no hablarán de que el duque está revoloteando alrededor de la señorita Venus; nadie aquí sabe que yo soy Greycliffe. Dirán que eras tú el que se está portando mal.

La mayoría no sabría qué pensar del discreto Nigel Valentine... o al menos bastante discreto hasta que llegó la viuda Blackburn a su vida. Siempre tan mesurado en sus relaciones, quién sabía qué se diría de él y de un comportamiento tan escandaloso. Y si se enteraban de que el culpable no había sido él sino Drew, qué más daba. Según parecía, los duques podían saltarse algunas normas sociales.

Nigel lo miró de reojo. Mantuvo la boca casi cerrada y, por lo bajo, le lanzó una larga serie de maldiciones de lo más creativo.

—Lo siento —dijo Drew—. ¿Qué diablos me decías acerca del pezón de esa bruja? Creo que no lo he oído.

—Maldita sea, Drew. Te voy a matar.

—No puedes hacerlo. Asesinar a un noble es un delito capital. No querrás que te cuelguen, ¿verdad?

Drew casi podía oír cómo le rechinaban los dientes a su primo Nigel.

—Pues puede que me arriesgue.

—No es una buena idea. —Atravesaron la verja de Hyndon House y siguieron por el camino que llevaba hasta la casa—. No te preocupes. Todo se acabará poniendo en su sitio. —Drew le echó a su primo una mirada—. Quizá con eso la viuda se lleve un disgusto y te deje en paz.

—No lo creo. Yo...

—¡Por Dios!

Drew hizo que su caballo se detuviera de una forma tan abrupta que el animal sacudió la cabeza y se echó a un lado. Justo al llegar a una curva del camino pudo ver la puerta principal de la casa, y en la puerta el carruaje con el escudo del duque de Cranmore grabado en un lado.

—¿Qué hace aquí? Demonios.

Las palabras de Nigel le llegaron desde atrás; Drew no había esperado a hablar del asunto. Guiado por su instinto y por el pánico, espoleó a su caballo hasta llegar a un sendero lateral que discurría bajo los árboles.

Nigel le siguió.

—No te puedes esconder en el bosque para siempre.

Drew espoleó de nuevo a su caballo y se internó aún más entre las sombras.

—Me esconderé hasta que esa mujer se haya ido. Y tendrá que irse. Incluso una mujer de dudosa virtud como lady Mary sabe muy bien que no puede quedarse en casa de un soltero a pasar la noche.

Ató las riendas de su caballo a la rama baja de un árbol y se subió a él para echar un vistazo. No detectó ningún movimiento, ni en la casa ni cerca del carruaje.

—Después de cómo esperó por ti en Vauxhall, yo no estaría tan seguro. Y lo cierto es que puede que la señora Edgemoor no tenga el suficiente temple como para soportarla.

—Todo lo que podemos esperar es que la buena mujer tenga profundas convicciones morales. A veces... Oh, no, ahí llega lady Mary.

Nigel se apresuró a mirar alrededor del otro lado del arbusto.

—La acompaña otra mujer. Parece... ¡Oh, por todos los demonios!

—Es la viuda Blackburn. —Drew silbó por lo bajo y miró a Nigel—. No sabía que fueran tan buenas amigas.

A Nigel aquello no le hacía ninguna gracia.

—¿Cómo diantre habrá permitido Cranmore que su hija viaje desde Londres acompañada por esa mujer? ¿Es que no le importa la reputación de su hija?

Drew se encogió de hombros y miró de nuevo en dirección a la casa.

—Ya es un poco tarde para eso; la reputación de su preciosa hija es casi tan negra como la de la viuda. Oye, mira esto. ¿Quién es esa?

Una mujer chaparrita, con un sombrero enorme, acompañada de una joven tan gorda y bajita como ella, subió al carruaje tras las viuda y lady Mary.

—Parecen haber sido hechas con el mismo molde —dijo Nigel—. Deben de ser madre e hija.

—Seguramente. La mayor parece bastante pomposa. Me apuesto algo a que se trata de la señora Higgins, la mujer del hacendado.

Drew observó el carruaje traquetear por el camino. Nigel y él volvieron junto a sus caballos para hacer que se mantuvieran en silencio; el bosque era lo suficientemente denso como para que no los vieran, así que, de no ser que las mujeres hubieran sabido de antemano donde estaban, no mirarían y no les descubrirían.

La señora Edgemoor tenía mucho que decir cuando finalmente entraron en casa.

—Oh, su gracia —dijo dirigiéndose a Nigel—, hemos tenido visita mientras usted y el señor Valentine estaban en el pueblo. —La señora Edgemoor le miraba con cara de disgusto—. La esposa del hacendado Higgins y su hija, Esmeralda; la señora Blackburn, quien, si me perdona que se lo diga, no es lo que debería; y lady Mary Detluck, la hija del duque de Cranmore. —La mujer arrugó la nariz como si algo le oliera mal—. Lady Mary me ha parecido muy estirada, nada que ver con usted, señor. Ella y la señora Blackburn han dicho que eran unas amigas muy especiales.

—Oh, no —dijo Nigel—. Desde luego, no son amigas nuestras, y mucho menos «especiales».

—Vinimos antes aquí, señora Edgemoor —explicó Drew—, precisamente para librarnos de ellas.

La señora Edgemoor asintió vigorosamente con la cabeza.

—Eso es justo lo que había pensado. Esas londinenses trataron de sugerir que estaban prometidas a ustedes y dijeron que debía indicarles dónde se encontraban y qué habían estado haciendo durante este tiempo, algo que, por supuesto, no hice. Nunca lo haría, ni siquiera aunque hubieran cometido algún acto escandaloso, claro. Porque, entre otras cosas, nunca he visto a dos caballeros más tranquilos y mejor educados que ustedes, esa es la verdad.

Drew tuvo cuidado de no mirar a Nigel; a la señora Edgemoor no le gustaría nada enterarse de que había tenido un encuentro en el estanque con la hija del vicario estando ambos desnudos; desde luego, no le parecería algo de muy buena educación.

—¿Han dicho cuánto tiempo piensan quedarse por aquí? —preguntó Drew.

—No, pero sí que esperan verles en la fiesta que se organizará mañana en el jardín. La señora Blackburn tiene una amiga que también lo es de la señora Higgins, así que van a quedarse en la casa del hacendado.

—Ya veo —dijo Drew. Por lo menos les quedaba un poco más de tiempo antes de tener que enfrentarse a esas arpías . ¿Están yendo bien los preparativos para la fiesta? La verdad es que sentimos mucho haberle cargado con todo este trabajo de más.

—No se preocupe, señor. La señora Shipley me está ayudando y también he contratado a algunas muchachas del pueblo. Además, tampoco vendrá tanta gente porque, bien... Little Huffington es pequeño. —La mujer frunció el ceño, retorciendo las manos una contra la otra—. Espero y deseo que esas mujeres de Londres no nos miren por encima del hombro.

—Si lo hacen será su problema, ¿no le parece? —apostilló Nigel.

—Sí, su gracia —añadió la señora Edgemoor, que les dedicó una amplia sonrisa antes de hacer una reverencia y marcharse.

Los hombres se dirigieron al estudio. Drew se despatarró en una silla y suspiró.

—La cosa se pone complicada.

Nigel resopló.

—Bastante.

—Será difícil mantener esta charada teniendo aquí a la viuda y a lady Mary.

—¿Difícil? Lo que será es imposible —dijo Nigel, apurando dos copas de *brandy* al tiempo que le pasaba una a Drew antes de sentarse en la silla que había frente a su primo—. Tienes que decirle a Venus quién eres en realidad.

Drew quería posponer ese asunto tanto como le fuera posible.

—Ya lo haré.

Nigel se quedó mirándolo. Vaya, su primo estaba bastante furioso.

—Haz lo que te parezca, yo no pienso continuar con esta especie de «baile de disfraces» por más tiempo.

—Pero...

—No hay peros que valgan. Todavía no hemos mentido exactamente, o no de una manera explícita, a nadie, pero estamos navegando demasiado cerca de la tormenta. Ya decidí cuando estábamos en el pueblo que no iba a seguir con esto. La llegada de la viuda Blackburn y de lady Mary no ha servido más que para que me reafirme en mi decisión.

Aquello no le sorprendía aunque...

—¿Qué sucedió en el pueblo?

Nigel levantó la mirada, evitando los ojos de su primo.

—¿Qué quieres decir con eso de que qué sucedió en el pueblo?

—Quiero saber qué ha hecho que tú, de repente, decidas que no quieres seguir siendo duque en mi lugar?

¿Se le estaban poniendo a Nigel las orejas coloradas?

—Sentido común, simplemente —dijo este, apartando la vista de Drew.

—Y que has conocido a Afrodita. —Según parecía, los esfuerzos de Venus por emparejarlos estaban dando resultado—. Es muy guapa.

—Y muy inteligente —añadió Nigel, que entonces sí miró a Drew a los ojos, ahora ya completamente sonrojado—. No me importa decepcionarla.

Desde luego, los desvelos de Venus estaban dando fruto.

—Decepcionarla no es precisamente lo que estamos haciendo.

—Lo que dices es una mera sutileza. Si cree que soy tú, que soy el duque, estará dando por sentado algo que no es cierto, algo que yo podría aclarar. Si no lo hago, la culpa será mía —comentó para, acto seguido, sonreír de repente—. No quiero pensar que sus sentimientos hacia mí, sean los que fueren, estén influenciados por la percepción errónea que en estos momentos tiene de mi rango. Deberías entenderlo.

Demonios, pues claro que lo entendía. Drew le dio un buen trago a su *brandy*. Según parecía, tendría que acabar contándole a Venus que él era Greycliffe más pronto que tarde.

Capítulo 5

—¿Qué estabas haciendo con el señor Valentine, Venus? —preguntó Ditee a su hermana mientras ambas miraban las diversas cintas que les ofrecían en la tienda del señor Fenwick—. Digamos que parecías de lo más peculiar.

Los hombres se habían marchado diez minutos antes, poco después de que Ditee hubiese visto a Venus con el señor Valentine.

—Estábamos hablando de los clásicos —dijo Venus.

Y, de hecho, aquello solo era mentira a medias. Ella le había mencionado al joven la carta que le había escrito este a su padre.

—Vaya. Sin embargo, tenías los ojos cerrados.

—Porque estoy segura de que me faltaba poco para dormirme del aburrimiento. Ya sabes que no me gusta hablar de esos temas. —Ahora sí, tocaba cambiar de asunto. Venus escogió una cinta de entre las que estaban expuestas y la acercó a la cara de Ditee—. Este tono azulado quedará precioso con tu vestido. Te hace juego con los ojos.

—¿De veras? —dijo su hermana, al tiempo que deslizaba la cinta entre sus dedos—. ¿Tú crees que me favorecerá?

—Desde luego —dijo Venus, al tiempo que simulaba estar fijándose en otras cosas—. Me parece que el duque es un caballero muy agradable, ¿no opinas lo mismo?

—¡Oh, sí! —La cara de Ditee se iluminó—. La verdad es que es un hombre muy ilustrado. Me respondió a la pregunta que le hice sobre Horacio a la primera. Debo reconocer que me impresionó.

Eso sonaba muy prometedor, y más si se tenía en cuenta que las mejillas de Ditee estaban más que sonrojadas.

—Además, me ha parecido bastante guapo —añadió Venus.

Ditee se puso todavía más colorada.

—Tal vez.

Venus se mordió la boca por dentro para evitar reírse. El ratón de biblioteca que era su hermana por fin mostraba interés por alguien del sexo opuesto.

—Quizá deberías comprarte también una peineta nueva —dijo Venus, eligiendo una que destacaba por su brillo, y eso que en la tienda del señor Fenwick no había mucha luz—. Una como esta.

—Es muy bonita.

Al final, Ditee se compró dos en lugar de una, la cinta azul y un largo de cinta de color rosa muy rosa para su vestido de paseo. Venus estaba encantada con cómo se estaban desarrollando los acontecimientos hasta que se topó con la señora Fedderly en la calle cuando salían de la tienda de Fenwick.

—Oh, señorita Venus, señorita Afrodita. Esperaba encontrarlas por aquí. —La vieja señora Fedderly era la cotilla del pueblo, pero puesto que ya no tenía muy buena vista, la gente se tomaba sus historias con un cierto grado de escepticismo—. Las he visto charlando con nuestros ilustres nuevos vecinos —dijo guiñándole un ojo a Venus—. Por fin emplea sus habilidades de emparejar gente con usted misma, ¿verdad?

Venus se acaloró.

—No, yo...

—La verdad es que me ha parecido que ambos estaban más que encantados con ustedes —dijo la mujer, alzando una de sus finas cejas—. Puede que se queden en Little Huffington más tiempo del que pensaban.

—¿Le han presentado al duque y al señor Valentine, señora Fedderly? —preguntó Venus, con la intención de que la conversación cambiara de rumbo aunque solo fuera un poco.

—No, pero tengo muchas ganas de asistir a la fiesta que van a dar mañana en el jardín de su casa. Será maravilloso tener de nuevo un poco de vida social en Hyndon House. ¿Sabe?, el señor Blant solía organizar fiestas a menudo cuando era joven —dijo la mujer, abriendo y cerrando los párpados y, con ellos, sus cortas y blancas pestañas—. Era muy pícaro por entonces.

Imaginarse al señor Blant distrayendo a algo más que un puñado de vacas resultaba sorprendente, pero lo era mucho más considerarlo un bribón, algo que estaba muy por encima de la fértil imaginación de Venus.

El traqueteo de un carruaje acercándose rompió el silencio. Todas se volvieron a contemplar el impresionante equipaje que lo seguía.

—¿De quién será? —preguntó la señora Fedderly, frotándose las manos con aparente regocijo—. Apuesto a que no ha sucedido aquí nada tan emocionante desde que la cabra del granjero Isley se comió el sombrero favorito de la señorita Wardley.

El carruaje crujió al detenerse. De él bajaron la señora Higgins con su hija y dos damas muy elegantes.

La señora Higgins se apresuró a saludarlas, al tiempo que dejaba atrás a sus acompañantes, en medio de una nube de polvo.

—Señora Fedderly, ¿ha visto usted al duque de Greycliffe y a su primo, el señor Valentine? —preguntó la mujer a la señora Fedderly, sin hacer caso ni a Venus ni a Ditee.

—Oh, sí —respondió la señora Fedderly con una sonrisita maquiavélica, mostrando claramente lo satisfecha que estaba de haberse enterado de algo antes que la señora Higgins y estar más al día que ella de los últimos cotilleos—. Pero quizá sería mejor que les preguntara a las señoritas Collingswood. De hecho, han estado conversando con esos caballeros hace un rato.

A Venus le sorprendió que la señora Fedderly no alardeara de ello. Pero lo único que superaba en placer a ganar a la señora Higgins en enterarse de los cotilleos era pedirle que preguntara algo a las señoritas Collingswood para que le hicieran una aclaración.

La mueca que hizo la señora Higgins con la boca recordaba a la de alguien que acabara de chupar un limón.

—¿Los has encontrado, mamá? —preguntó Esmeralda acercándose.

—No, pero según parece las muchachas Collingswood saben dónde están.

—¿Cómo? —Esmeralda se quedó mirando el vestido verde que Venus llevaba y volvió la vista hacia su propia y bulbosa nariz—. ¿Por qué el duque y su primo se tomarían la molestia de hablar con unas muchachas que van tan, tan... desaliñadas?

Venus apretó los dientes.

Era cierto, se había puesto un vestido verde que quizá estuviera de moda el año pasado, o incluso tal vez el anterior, pero que, desde luego, todavía estaba aprovechable y se podía llevar. Y Esmeralda, en cambio, parecía un dibujo de una revista de modas. Llevaba un vestido de un color rosa bastante insípido, tan lleno de lazos, cintas y más lazos que parecía una mercería andante. Ahora mismo se lo iba a decir...

—¿Quiénes son esas damas, señora Higgins? —preguntó la mayor de las dos londinenses, mirando de reojo a Venus a través de sus impertinentes. El modo en que lo hizo provocó que a Venus le dieran unas ganas casi incontrolables de agarrar aquellos ridículos anteojos, quitárselos de la mano y pasárselos por el pelo como si fueran un peine.

—Solo son las Collingswood, señora Blackburn. Las hijas del vicario.

Venus estaba cansada, sí, muy cansada de que se refirieran a ella como si estuviera sorda y muda.

—Sí, yo soy Venus Collingswood, y ésta es mi hermana Afrodita, y esta nuestra amiga, la señora Fedderly. ¿Y ustedes son...?

—La señora Blackburn —contestó la mujer— y lady Mary Detluck —añadió, señalando hacia la más joven—, la hija del duque de Cranmore.

Lady Mary tomó aire.

—Así que, por favor, dígame dónde se encuentra mi prometido. He hecho todo el camino desde Londres solo para verle.

—¿Su prometido? —preguntó Venus, mordiéndose el labio.

Maldición, se le había escapado esa pregunta, pero es que se había quedado tan sorprendida que no había podido evitarlo. El señor Valentine no le había hablado de que tuviese una prometida que anduviera por ahí buscándolo. Seguro que habría comentado algo si el duque... Sin embargo ¿hubiera mencionado algo acerca de si estaba prometido cuando el asunto afectaba a su propia persona?

El alma se le cayó a los pies.

—¿Prometido? —dijo la señora Fedderly entre risas—. Yo no he visto por aquí a ningún hombre que tenga aspecto de estar prometido.

Lady Mary frunció el ceño.

—Tal vez sea porque le falla la vista. Le aseguro que Greycliffe es mi prometido y que el señor Valentine lo es de la señora Blackburn.

—La vista me funciona perfectamente —mintió la señora Fedderly—, y puedo asegurarle que el duque y su primo parecían totalmente embelesados mientras paseaban y charlaban con las señoritas Afrodita y Venus.

Los ojos de la señora Blackburn parecían duros como una piedra.

—Vaya, claro. Siempre van por ahí flirteando. Después de todo, son hombres, ya sabe —dijo la viuda, fijando la vista primero en Venus y luego en Afrodita—. Espero que ninguna de ustedes haya malinterpretado sus intenciones.

Lady Mary resopló.

—En realidad, ¿quién iba a creerse que Greycliffe o el señor Valentine mostrarían algún tipo de interés por unas palurdas?

La señora Higgins y Esmeralda se rieron disimuladamente, al igual que lady Mary, pero Venus hubiera apostado algo a que aquella mujer las consideraba tan palurdas como a su hermana y a ella.

La Fedderly resopló.

—El señor Fedderly, Dios lo tenga en su Gloria, solía decir que el aire, como las mujeres, era más limpio en el campo.

El dicho rompió el silencio de la sorpresa y le dio a Venus la oportunidad de intervenir.

—Creo que el duque y el señor Valentine han regresado a Hyndon House, señoras. O, por lo menos, esa parecía ser su intención; no puedo decir que tenga tanta confianza con ellos como para habérselo preguntado. Y ahora, si nos disculpa, llevamos más tiempo fuera de casa del que pensábamos en un principio. ¿Estás lista, Ditee?

—Oh, sí, claro —repuso su hermana.

—Entonces, que tengan un buen día —dijo Venus, mostrando la sonrisa más amable que pudo—. Y bienvenidas al vecindario, señora Blackburn, lady Mary. Espero que pasen una estancia... —espantosa, horrorosa, horrible— agradable.

—Gracias. No pensamos quedarnos mucho tiempo, claro —repuso lady Mary—. El campo es tan aburrido, ¿verdad?

—Pero estoy segura de que su presencia animará el ambiente —le espetó Venus, dando una zancada larga y alejándose por High Street antes de decirles a esas señoronas cuatro cosas bien dichas.

—Esas mujeres son terriblemente maleducadas —comentó Ditee, caminando junto a ella. Por esta vez mantuvo el libro cerrado.

—Pues sí, la verdad.

Dieron unos pasos más en silencio.

—¿Te han dado la sensación de ser en realidad las prometidas del duque y del señor Valentine? —preguntó Ditee, con un tono de voz inusualmente bajo y triste.

Perversos hombres, ¿cómo se atrevían esos desgraciados a herir a Ditee? Venus estaba tan enfadada que le apetecía dar una patada a algo. No, mejor, a alguien, y mejor aún en una parte especialmente sensible de su maldito y atractivo cuerpo.

—Es lo que han dicho, ¿no es así? No se me ocurre motivo alguno por el que pudieran mentir en algo así.

No había razón alguna para mantener una vana esperanza. Ira, pensó... furia... venganza... Sí, sentía todo eso y más en su interior.

Sumidas en tales tribulaciones, Venus y su hermana llegaron a la casa parroquial. Ditee abrió la verja del jardín y la sostuvo para que entrase su hermana.

—Entra en casa, Ditee. Yo voy a dar un paseo.

—Oh —exclamó Ditee mientras arrugaba la frente, como si entender hasta la idea más simple le resultara difícil en aquel momento—. ¿Te llevas a *Archie*?

—Esta vez no. —A su estúpido perro le caía bien el señor Valentine, y eso que ella había pensado hasta ahora que *Archie* sabía evaluar bien el carácter de las personas... aunque a veces metía la pata—. Nos vemos dentro de un rato.

✳

Drew seguía de pie en el jardín, con Nigel, la señora Edgemoor y Bugden, el jardinero, atendiendo una urgencia vegetal que yacía a sus pies.

—¿Qué voy a hacer con estos pobres arbustos? —preguntaba Bugden, que parecía estar a punto de echarse a llorar.

Daba pena verlos. Cinco o seis arbustos habían perdido todas sus hojas, ya no les quedaba nada que fuera verde. Drew no conseguía entender nada de lo que decía el jardinero, cada vez más emocionado —y, por tanto, hablando cada vez más en dialecto, algo que le resultaba incomprensible—, acerca de si el culpable había sido una liebre gigante o una oruga peluda.

El hombre se encogió. Algo le había golpeado en el hombro. ¿Había algún otro depredador por ahí que estuviera provocando estropicios arbustivos?

Caramba, por fin pudo entender que Bugden decía «oruga horripilante». Debía de ser una oruga peluda la responsable de los destrozos ocasionados en los arbustos.

La señora Edgemoor y Bugden se volvieron hacia Nigel en busca de consejo, pero él seguía mirando a las nubes, como si estuviera contemplando la imagen de Afrodita.

—Creo que la única solución es arrancarlos —dijo Drew—. Parecen más que... muertos.

La poca fortuna al elegir sus palabras hizo que Bugden emprendiera otro de sus discursos desapasionados. Aparentemente, los arbustos habían estado en flor hasta el día anterior; pero las orugas, ansiosas y asquerosas, habían dado cuenta sobre sus múltiples patas de las pobres e indefensas plantas y las habían devorado a una velocidad increíble.

—Sí, bien, es una pena enorme. —Estaba claro que había que mostrarse un poco afectado, ya fuera por los pobres arbustos pelados, que ya no importaban, o por Bugden, que se había tomado la acción de las orugas como una afrenta personal, o incluso por la señora Edgemoor, que se estaba comiendo las uñas y le faltaba poco para ponerse a gruñir.

—No obstante... ¡Ay!

Una especie de objeto volador colisionó contra su otro hombro. El hombre miró al suelo; ¿no había visto antes ese canto a sus pies?

Nigel emergió de su ensoñación.

—¿Qué ha sido eso? —preguntó.

—Oh, nada —repuso sonriente. Tan pronto como hubieran acabado con el asunto de los arbustos se pondría a buscar a quien le había arrojado la piedra. De lo que estaba seguro era de que su atacante no era una oruga peluda—. La triste verdad es que sospecho que nada hará que estos arbustos revivan.

—Sí, creo que en eso tiene razón —dijo Bugden, mirando con tristeza lo que quedaba de las plantas.

—Lo único que podemos hacer es arrancar lo que queda.

—Pero la fiesta es mañana —dijo la señora Edgemoor—. Esto será un desastre.

Ya era un desastre, pues parecía como si un fuego, una inundación o un montón de orugas hubieran pasado por el lugar, pero Drew pensaba que era mejor no destacar lo que resultaba obvio.

—Quizá si pusiéramos aquí algunas macetas con plantas quedaría mejor...

—Caramba —exclamó Bugden asintiendo con la cabeza—. Puede que eso funcione. Además, ya sé dónde puedo conseguir algunas. Después de todo, hay demasiado verde en la sala de música.

La señora Edgemoor parecía no estar convencida del todo.

—No sé yo si...

—Venga, se lo enseñaré.

Bugden y la señora Edgemoor se marcharon para ver qué podían hacer.

—Bien hecho —apostilló Nigel—. Pareces haber evitado un desastre mayúsculo.

Drew se rió.

—Pues sí, eso parece... ¡Ay!

Algo largo y duro le golpeó en el trasero con la fuerza suficiente para dejarle una señal, apostaría a que sí. Bajó la vista. A sus pies no encontró ningún canto, sino un pedrusco.

—Creo que ese seto de allí está tratando de llamar tu atención —dijo Nigel.

Drew miró en la dirección que le indicaba su primo. El seto se movía mucho.

—Si me disculpas, creo que tengo que acudir a conversar con la naturaleza.

Nigel resopló.

—Pero asegúrate de que no acabas como estos arbustos de aquí. Está claro que este jardín está lleno de peligros.

Drew vio enseguida un cabello castaño y un brazo cubierto por una tela de color verde, y de pronto otro proyectil surcó el aire hasta caer a sus pies. Este era el mayor hasta el momento.

Pues claro que lo era.

—Tira bien, pero debe de estar cansándose —dijo Nigel, arrancando a reír de nuevo.

—Vaya, sin embargo creo que este era solo una advertencia, nada más.

Otra piedra aterrizó cerca, esta vez dirigida a los dedos de sus pies. Drew se movió rápidamente para esquivarla.

—La chica se está impacientando.

—Sí. En ese caso estoy perdido. Si no vuelvo para la hora de la cena, envía a Bugden para que recoja mis restos. Así podrá tirarlos al estercolero junto a los de esos pobres arbustos.

Drew se acercó paseando hasta el seto, alto y verde. ¿Qué diablos se le habría metido en la cabeza a Venus? ¿Acaso pretendía castigarlo por no haberla besado antes, cuando estaban en el pueblo?

Ojalá fuera esa la razón; él estaría encantado, encantadísimo, de rectificar tal descuido.

Y ese no era el único descuido del que se encargaría. Nigel tenía razón. Debía decir a la joven quién era él en realidad. Cuanto más esperase, más grande se haría el problema y más le costaría después hacer las paces con ella y lograr que lo mirara con buenos ojos.

Pero no quería contárselo, ahora no. Antes necesitaba saber si lo quería, sin más, como Drew Valentine. Después ya le presentaría al duque de Greycliffe. Si dejaba que el duque saliera de su escondite, nunca podría estar seguro de cuáles eran sus verdaderos sentimientos.

Miró con cuidado alrededor del seto.

—¿Quería hablar conmigo, señorita Collingswood?

—Pues claro que quiero hablar con usted, serpiente.

De hecho, el susurro sonó en sí mismo como el silbido de una serpiente.

—¿Sobre qué?

Los grandes ojos marrones de la joven brillaron de rabia e incluso parecía que iba a salirle vapor de los oídos.

—Sabe perfectamente de qué quiero hablarle. Y venga aquí, detrás del seto. ¿Acaso quiere que lo descubran?

—Quizá tema por mi seguridad —comento él, ocultándose tras aquella pantalla vegetal. Estaban al principio del laberinto. Lo había visto desde la ventana de su dormitorio, pero lo cierto era que todavía no se había dado una vuelta por ahí—. Después de todo, me estaba tirando piedras.

—Vamos, no se haga el tonto.

Si lo recordaba bien, en el centro del laberinto había un árbol de tamaño considerable que podría servir para proteger a cualquiera bajo su copa, lejos de miradas curiosas. La verdad era que no tenía muchas posibilidades de poder aprovecharse de tal ventaja, pero la esperanza es siempre lo último que se pierde. Quizá descubriese ahora lo que ella pensaba de él, si lo quería, y pudiera entonces robarle un beso, uno de verdad, antes de confesarle sus pecados.

—¿Conoces la clave de este laberinto?

—Pues claro... y ahora no cambies de tema.

—No pensaba hacerlo. Demos un paseo entonces hasta el centro, así me mostrarás el camino y cuando lleguemos allí me cuentas lo que querías contarme —dijo él, intentando que aceptara su brazo durante el paseo y recibiendo un empujón por respuesta.

—Lo que te voy a mostrar es el camino a la perdición, charlatán mentiroso —dijo ella—, aunque para eso no te hace falta ninguna ayuda.

Ella se acercó paseando.

Él la siguió, volviendo a tomar la palabra.

—Te lo digo aquí y ahora: en realidad, nunca te he mentido. Tienes que entender que...

—¿Qué tengo que entender? —gritó furiosa. Luego se dio la vuelta y le lanzó una mirada envenenada antes de continuar avanzando por aquel camino a paso ligero. Movía las caderas adelante y atrás de una manera muy atractiva—. Con que tengo que entender... ¡Ja! Creía haber entendido que la fiesta que estamos organizando en el jardín estaba pensada para acercar a Ditee y al duque.

—Pues... sí. —Drew se aclaró la garganta. ¿De qué diablos estaban hablando? Mejor sería proceder con precaución—. Pues sí, así es, claro. La verdad es que creo que tu hermana y mi primo harían una buena pareja.

—¡Ja!

Ella apresuró el paso todavía más. Tenía las piernas largas, pero las de él lo eran todavía más. Aun así, lo cierto era que Venus estaba muy acostumbrada a caminar por el campo y dar largos paseos, por lo que a él le costó seguirla.

—¿Acaso hay algún problema? —preguntó él.

Menuda pregunta más estúpida. Pues claro que lo había, pero por su vida que no se imaginaba de qué podría tratarse.

—¡Sí!

Llegaron al centro del laberinto. Tal y como él había esperado, allí estaba el banco bajo el espléndido y frondoso árbol. Cualquiera que se sentase en él, una pareja, estaría a salvo de las miradas de los habitantes de la casa o de alguien que pasara por el camino. Por desgracia, incluso el jugador más inexperto sabría que no tenía demasiadas posibilidades de convencer a Venus para que se dejara besar y acariciar. Por lo afilado de su mirada, tendría suerte de salir de allí con todas las partes de su cuerpo intactas.

Drew se puso las manos en las espalda, pero enseguida se dio cuenta de que mejor era colocarlas en una posición que resultara más «defensiva».

—Me temo que no te sigo. ¿Puedes explicarme qué problema hay?

Drew nunca había pensado que las miradas pudieran matar, pero en ese instante decidió que tenía que reconsiderar ese punto de vista.

—Tus amigas de Londres pasaron por el pueblo buscándote —dijo ella.

Maldita sea.

—¿Te refieres a lady Mary y a la señora Blackburn?

—¿A quién si no? Little Huffington no suele llenarse de basura londinense.

—Bien, no estaba muy seguro. Yo no las considero «amigas» precisamente.

Decir algo así no resultaba lo más apropiado. Si Venus ya estaba enfadada sin que lo dijera, ahora se la veía presa de una furia profunda. No le faltaba más que el pelo se le trasformara en serpientes y los ojos en cañones que dispararan bolas incendiarias. Drew miró a su alrededor para asegurarse de que no había cerca ningún objeto que ella pudiera utilizar como arma arrojadiza.

—No, claro —dijo ella, escupiendo las palabras como si se tratara de un tónico de sabor asqueroso—. Son mucho más que amigas.

—¿Ah sí?

¿Qué diablos le habrían dicho aquellas dos arpías?

—No intentes negarlo. Lady Mary nos contó que estaba prometida al duque.

—¡No es cierto! —gritó él, que por un momento se puso rojo de ira. Cuánto le apetecería ahora mismo zarandear a aquella mentirosa hasta que los dientes se le cayeran, le dieran vueltas por la cabeza y ésta sonara como un sonajero. ¿Cómo se atrevía a decir que estaban prometidos? Puede que hubiera intentado hacer que la pobre señora Edgemoor se creyera tal mentira: después de todo, para lady Mary el ama de llaves no era alguien que mereciera respeto alguno. Pero mentirle a Venus...

La joven hizo un aspaviento con la mano, como si no le importase nada.

—Y... —entonces la voz se le empezó a romper—, y me dijo ¡que la señora Blackburn estaba comprometida contigo! —exclamó con un último suspiro.

Drew se quedó pasmado, quizá había dejado que aquello durase demasiado, paralizado por la confusión. ¿Acaso le importaba más Nigel? Maldita sea, no, no era así: ella creía que él era Nigel.

El hombre dio un paso hacia delante, alargando una mano.

—Venus...

Ella se la apartó de un golpe.

—No me toques, canalla despreciable.

Drew no estaba acostumbrado a que lo insultaran. La ira y la frustración hicieron que su voz fuera más afilada.

—Sé razonable.

—¿Razonable? —Venus se limpió la nariz con la manga del vestido—. ¿Quieres que sea razonable?

—Por lo menos baja la voz. Estás gritando como una pescadera.

Él avanzó hacia ella, alargando de nuevo su mano.

—Venus...

—¿Qué? ¿Tienes miedo de que la gente se entere de lo mentiroso que eres, de que no tienes honor?

¿Cómo se atrevía aquella muchacha a poner su honor en entredicho? Si ella fuera un hombre, se habría ganado ya un buen puñetazo.

—No te he mentido.

Drew sabía que tendría que asumir algunas cosas, pero nunca le habría mentido.

Ella se secó las lágrimas otra vez. Según parecía, no llevaba pañuelo. Él buscó el suyo.

—Entonces, ¿siempre me has dicho la verdad? —le preguntó esperanzada. Bueno, un poquito esperanzada.

Drew se quedó helado, todavía con la mano en el bolsillo de su pantalón. Quería decirle que sí. Si lo hacía, quizá se calmaría un poco y le permitiría que la abrazara y se lo explicase. Tal ven así acabarían en aquel precioso banco haciendo cosas que le apetecían mucho con las manos y los labios.

Pero la verdad era que ella creía que él era Nigel.

No era ninguna estúpida; Venus vio la respuesta escrita en su cara.

—Tú, tú... sapo —le dijo, y acto seguido sollozó, se levantó las faldas y salió corriendo.

Él la dejó ir. Si intentaba atraparla no haría más que empeorar la situación. Venus no quería escucharle y, francamente, él tampoco sabía qué decir.

Drew se sentó en el banco y dejó caer la cabeza entre sus manos.

Su vida era un completo desastre.

No había mentido a Venus, pero tampoco la había sacado de su error. Ella estaba desnuda, por el amor de Dios. Nadie podía esperar que pensara de manera razonable en una situación así. No fue culpa suya que ella lo tomara por Nigel.

Levantó la cabeza y la apoyó en el tronco del árbol. No, tenía que ser sincero consigo mismo por una vez. La había confundido, y le encantaría volver a hacerlo. Quería que viera en él al hombre, no su título.

Por desgracia, lo único que ella veía ahora era a un sinvergüenza mentiroso, y eso le molestaba mucho más de lo que se había imaginado.

Maldita sea.

Tenía que pedirle perdón, rogárselo si hacía falta. Y después de su reciente discusión no le quedaría más remedio que hacerlo. No podía retrasarlo más. Si Venus descubría quién era en realidad en la fiesta de mañana, y más si estaba Mary mirando, nunca le perdonaría.

Se estaba haciendo tarde, pero todavía quedaban unas cuantas horas de luz. Se daría una vuelta por la casa parroquial tan pronto como consiguiera salir de aquel laberinto.

Se puso en pie, decidido, y salió del claro.

Giró a la derecha y una vez más a la derecha y, de nuevo, se encontró en el centro. Muy bien, en ese caso giraría a la izquierda.

Y acabó otra vez en el maldito centro.

Giró a la derecha y luego a la izquierda; y después a la derecha. Cada vez que lo intentaba acababa en el mismo sitio. Empezaba a odiar el maldito árbol y el dichoso banco.

¿Cómo demonios saldría de aquel estúpido laberinto?

Capítulo 6

Venus nunca lloraba. Llorar le parecía una manera muy tonta de derrochar energía. Pero no hacerlo le provocaba que los ojos le dolieran y que la garganta se le quedara seca, que casi no pudiera ni hablar.

Dejó salir el aire de la nariz y... necesitaba un pañuelo pero, por desgracia, no tenía ninguno a mano.

Se detuvo y tomó aire, inspirando profundamente.

¿Qué le estaba pasando? Se golpeó la frente con la palma de la mano. ¿Es que había perdido la cabeza? Desde luego, lo que sí había perdido eran los nervios. El señor Valentine se había comportado con ella de una manera muy correcta. Pero ella le había hablado como si fuera una pescadera. Ahora debía de estar riéndose de ella, de una palurda que se había enamorado de...

No, eso no podía ser así. No estaba enamorada de aquel sinvergüenza. ¿O sí?

Las rodillas le flaquearon y, de repente, se dejó caer sobre la hierba.

No podía estar... Si solo se lo había encontrado una vez. Y sí, él era pecaminosamente guapo, con aquellos ojos azules y su sonrisa de sinvergüenza, y desnudo... Se llevó las manos a las mejillas. Le estaban ardiendo.

Aquel hombre la perseguía en sueños, pero no era solo su aspecto lo que la atraía de él. Nunca se había sentido tan viva con nadie. Con solo hablar con él, o mejor dicho, discutir con él, porque eso era lo que hacían la mayoría de las veces, se entusiasmaba. Siempre estaba pensando en él, imaginando lo que le diría sobre algo, cómo le sonreiría...

Pero qué más daba. Había estado construyendo castillos en el aire. Durante todo este tiempo, aquel hombre había estado comprometido con la señora Blackburn, que debía de ser bastantes años mayor que él. Por ella, como si se casaba con la vieja señora Fedderly, y con su bendición, si era eso lo que quería.

Venus se puso en pie, se pasó las manos por la cara para secarse las lágrimas que pudieran quedarle y luego se las secó en la falda. Era suficiente. Tenía que pensar en Ditee. Necesitaba contarle que lady Mary había mentido: esa mujer no estaba comprometida con Greycliffe. El señor Valentine se había mostrado lo suficientemente horrorizado al oír aquello, y no importaba lo desagradable y baboso que fuese, seguro que no era tan buen actor.

Cuando llegó a la casa parroquial era la hora de cenar.

—Aquí estás —dijo la señora Shipley al ver a Venus en la puerta principal—. Tu madre estaba preguntando por ti.

—Oh —dijo ella, resoplando y tratando de sonreír—. Estaba dando un paseo.

—Has estado llorando, ¿verdad?

Venus bajó la cabeza para evitar la mirada de la señora Shipley.

—No seas ridícula. ¿Por qué iba a llorar?

—No lo sé. Quizá por la misma razón por la que tu hermana ha estado evitando nuestra mirada.

A Venus se le hizo un nudo en el estómago.

—¿Ditee ha estado llorando?

—Es lo que he dicho, ¿no? Se ha metido en su habitación desde que llegó del pueblo y se ha cerrado por dentro.

—Vaya por Dios. Hablaré con ella.

—Bien. ¿Debo decirle a tu madre que ya estás aquí?

—Oh, no. No quiero que la moleste. Subiré arriba a ver a Ditee y luego me iré a la cama para descansar.

Venus podía sentir los ojos de la señora Shipley siguiéndola según subía las escaleras para ir al piso de arriba.

Dio unos golpecitos en la puerta de Ditee.

—Márchate. —La voz de su hermana sonaba como si tuviera la cara enterrada en la almohada.

—Ditee, soy Venus. Déjame entrar.

—No. Vete. —La última palabra acabó con un sollozo.

—Ditee, he hablado con el señor Valentine —dijo Venus, tras lo cual hizo una pausa. Casi podía sentir cómo la escuchaba su hermana—. Me ha dicho que el duque no está comprometido con lady Mary, y creo que me estaba diciendo la verdad. —Por lo menos acerca de aquel particular.

—¿Estás segura? —preguntó Ditee.

Venus asintió con la cabeza, ya dentro de la habitación.

—El señor Valentine ha sido bastante claro al respecto.

—Oh. —Ditee miró a su hermana durante un minuto completo para luego hacer un sonido desagradable, algo entre un bostezo y una carcajada, y rodeó a su hermana con los brazos, abrazándola con tanta fuerza que casi no la dejaba respirar—. Vaya, eso es maravilloso. Te lo agradezco muchísimo.

Venus la abrazó también. Por lo menos, una de las dos era feliz.

✳

—¿Has dormido bien? —preguntó Nigel mientras daba vueltas por la sala donde se servía el desayuno.

Drew levantó la vista de la mesa y empezó a pensar en la posibilidad de tirarle una loncha de jamón a su primo.

—No especialmente.

—Pues yo sí he dormido bien —dijo Nigel, llenando el plato con rosbif, arenque ahumado, queso y huevos—.

Tener la conciencia tranquila es algo maravilloso. —Se sentó junto a Drew—. Voy a contarle a Afrodita que no soy el duque durante la fiesta del jardín hoy.

—Ya veo. —Drew miró al plato de desayuno de Nigel y luego al suyo. ¿Qué le había llevado a escoger una mezcla de alimentos tan nauseabunda? No tenía ni pizca de hambre. Apartó el plato y tomó un sorbo de café.

El día anterior había decidido que le diría a Venus quién era, pero le había llevado más de media hora y dar algunas voces librarse de aquel laberinto. Después de que Budgen lo rescatara, y de que le dijera cómo se salía de allí si volvía a perderse, se lo había llevado para que viera cómo había resuelto el desastre provocado por las orugas. Mientras Drew hablaba con Bugden, la señora Edgemoor apareció y le pidió que la acompañara para ver la sala de música y valorar si estaba quizá demasiado vacía. Él lo había hecho y le había asegurado que había quedado estupendamente, pero entonces ella se puso a dudar acerca de su opinión y, en ese momento, tuvo que contarle que el duque era él. Descubrirlo hizo que la buena mujer saliera corriendo, se quitara el delantal y lo tirara por ahí.

Cuando por fin consiguió que la señora Edgemoor se tranquilizase un poco y se convenciese de que todo aquello no hacía mal a nadie, pues no era más que una broma entre hombres, llegó la hora de cenar. A punto estuvo de herir de nuevo sus sentimientos cuando por poco le dice que no pensaba cenar. Por suerte, al cocinero le había salido un imprevisto y la cena se había retrasado, y ya para cuando terminaron de comer había caído la noche. No había luna y él no estaba familiarizado con la finca y, en realidad, ¿qué habrían dicho los padres de Venus si aparecía por su casa a una hora tan tardía? Así que había decidido no ir.

Se había pasado la noche soñando con setos enormemente altos, orugas gigantes que lo devoraban todo y con Venus, hermosa y desnuda del todo, que no dejaba de huir de él. Se había despertado sofocado, muy cansado y absolutamente deprimido.

Tenía problemas serios.

—Deberías decírselo a Venus hoy mismo.

—Lo sé. —Drew se apretaba la frente con los dedos—. Lo siento. No quería gritar.

Nigel lo miró según masticaba su rosbif.

—Es muy tentador contarlo, ya te lo había dicho.

—Estoy seguro de que lo es.

—No obstante, no se lo diré.

Drew refunfuñó. Maldita sea, Nigel se estaba riendo de él.

—No tiene gracia.

—Al contrario, sí que la tiene. Has sido tú el que se ha metido en este embrollo, ¿no es así?

Nigel se tragó el enorme bocado de huevos revueltos que había pinchado con su tenedor.

—Tú también te has metido en esto.

—Creo que no. Esta noche he pensado mucho en todo este asunto. Solo he visto a Afrodita una vez y por poco tiempo. En mi caso, con disculparme por la confusión habrá suficiente —dijo Nigel con una sonrisa— y podré echarte a ti la culpa de todo.

—Muchas gracias.

Nigel acabó por fin con aquel repulsivo desayuno que se había servido.

—Es culpa tuya, y lo sabes. Pero no te preocupes. Todos cometemos errores en nuestra juventud —dijo sonriente—. Y tú eres un duque. Por mucho que lo detestes, con ese título se te perdonarán muchos pecados. —Se levantó—. Hasta luego.

Nigel salió del salón silbando, el muy canalla.

Drew dio otro sorbo a tu café. ¡Qué asco! Lo escupió de nuevo en la taza. Estaba helado.

No importaba lo que Nigel hubiera dicho... y además no le importaba ahora que fuera él quien le hubiera franqueado el camino para que cortejara a Afrodita. Drew no podría tomarse a broma el asunto, como si solo fuera una indiscreción de juventud. Desde luego, Venus no lo vería así.

Diablos, él no cometía indiscreciones juveniles. Siempre había sido un muchacho serio, pero desde que había heredado el título no le había quedado más remedio que crecer de golpe. El padre de Nigel, su guardián, le había ayudado. Le había dicho muchísimas veces que su deber era cuidar de aquellos que dependían de él, invertir de manera sabia, tomar una esposa y tener muchos hijos. Además de mantenerse lejos de lugares como los antros de juego. Esa había sido la primera vez que había hecho algo verdaderamente estúpido en su vida.

Maldita sea, era demasiado joven para cargar con todo aquello. Debería haber tenido más tiempo, años, antes de tener que pensar en una esposa y en hijos. Pero no había forma de negarse. Sentía lo que sentía. Incluso aunque no hubiera puesto a Venus en un compromiso habría querido casarse con ella. Solo esperaba que ella le quisiera.

✳

—Mamá, no me encuentro bien —dijo Venus, de pie, en el umbral de la puerta de la habitación de su hermana—. Creo que me quedaré en casa.

—Tonterías —repuso su madre mientras le colocaba a Ditee un rizo del pelo que se le había escapado—. Nunca estás enferma.

—Pero hoy sí.

La cabeza estaba a punto de estallarle y tenía los ojos secos y le picaban. No debía de haber dormido esa noche más de una hora o dos.

—Oh, Venus, no puedes estar enferma —dijo Ditee, dando media vuelta para mirar a su hermana—. No puedes perderte la fiesta del duque.

—Claro que puedo.

—Estate quieta, Afrodita —exclamó su madre—, o nunca conseguiré recogerte bien ese cabello. —Levantó la mirada para observar a Venus—. Ya verás como no es nada; seguramente son solo nervios.

El estómago se le retorció. Sí, eran nervios; los mismos nervios que no le habían permitido desayunar y que probablemente la harían romper a llorar en el momento en que viera al señor Valentine. Entonces se moriría de pena.

—De veras, mamá. No me encuentro bien.

Su madre levantó una ceja.

—¿Será que tienes el periodo entonces?

—¡No! —exclamó apretándose la frente con los dedos. Debería haber mentido, pero su madre la hubiera pillado tarde o temprano—. Tal vez esté solo cansada.

—Cuando lleguemos te despabilarás —dijo su madre, acabando de recomponer el cabello de Ditee—. Después de todo, eres tú la que siempre me está diciendo que deberíamos interesarnos más por alternar en sociedad, ¿no es así?

—Sí, pero...

—Tienes que venir, Venus. Por favor —imploró su hermana, que estaba preciosa con la cinta que habían comprado para su viejo vestido, pero a la que se veía también un poco preocupada—. No creo que pueda asistir sin ti.

Ditee nunca le había pedido nada a Venus, aparte de lápiz y alguna hoja de papel, durante muchos años. Venus quería decir que sí, y sin embargo no quería ver al señor Valentine ni una sola vez más.

—Oh, Ditee, ya verás como todo va bien aunque yo no esté.

La madre de las muchachas miró a una, luego a la otra, y de vuelta a la primera. Puede que pasara la mayoría del tiempo leyendo a los clásicos griegos y latinos, pero no vivía completamente inconsciente de lo que la rodeaba.

—Decidme, hijas ¿acaso hay algo de lo que debiera enterarme?

Ditee se sonrojó y abrió la boca. Por suerte, estaba demasiado avergonzada para hablar.

—Pues claro que no, mamá —dijo Venus antes de que Ditee hablara. Si había algo de lo que su madre debía tomar nota ya lo descubriría en la fiesta. A Venus se le hizo el estómago un nudo, pero se forzó a sonreír.

—Creo que ya me encuentro mejor. Enseguida me arreglo.

—Oh, gracias. —Ditee estuvo a punto de echarse a los pies de su hermana y besarle los zapatos, su alivio resultaba patente.

Su madre frunció el ceño aún más.

—¿En qué andáis metidas las dos?

—¿Qué quieres decir? ¿Qué podría ser? —preguntó Venus—. Tan solo hemos ido hasta el pueblo para comprar cintas, y ya sabes que en Little Huffington nunca pasa nada.

—Ya veo...

—Al final iré —dijo Venus—, así que mejor que me dé prisa. No queremos llegar tarde.

Puesto que todo lo que tenía que hacer era ponerse su viejo vestido, podría perdonar a su madre por intentar sonsacarla, pero tan solo asintió con la cabeza.

—Dentro de un rato iré a ayudarte con el peinado.

Cuando Venus subió al carruaje había conseguido dominar un poco mejor sus emociones. No habría demasiada gente en la fiesta —Little Huffington era un pueblo pequeño—, aunque sí la suficiente como para quedarse a un lado hasta que papá y mamá quisieran marcharse. Y si deseaban quedarse más tiempo del que Venus pudiera soportar —algo bastante poco probable, pues no recordaba ni una sola vez en que su padre y su madre hubieran ido a una fiesta—, siempre podría volverse sola a pie.

El camino hasta Hyndon House era corto, pero había una larga fila de carruajes esperando a descargar su pasaje.

—Por Dios —dijo la madre de las chicas—, ¿de dónde ha salido tanta gente?

—Que me aspen si lo sé —replicó el vicario, que demostraba claramente que no se sentía muy cómodo ataviado con sus ropas más elegantes.

Cuando finalmente llegaron a la puerta principal de la casa, el señor Bugden abrió la puerta del carruaje y bajó las escalerillas.

—¿Qué está haciendo aquí? —preguntó su padre—. Creía que usted se dedicaba a las plantas, no a las personas.

—Hola, señor Collingswood. Verá, es que han venido muchos más invitados de los que esperábamos. La señora Edgemoor dice que las londinenses han extendido el rumor de la fiesta entre sus amigos.

—¿Las londinenses? —preguntó la esposa del vicario según descendía.

—Lady Mary Detluck y la señora Blackburn, señora —dijo el hombre. Y, acercándose un poco más, bajó la voz para añadir—: A su gracia y al señor Valentine tampoco les ha gustado mucho que fuera así, se lo digo yo.

—Quizá tuvieras razón, Venus —le susurró Ditee, dubitativa, en el carruaje—. Lo mejor habría sido que nos quedáramos en casa.

—Tonterías —respondió su hermana, también en voz baja—. No creo que el duque esté en absoluto interesado en esas mujeres. Ya has oído al señor Bugden; no le gusta que hayan venido —le dijo, y le dio un pequeño empujón para que se pusiera en marcha.

—Pero, Venus —dijo Ditee cuando su hermana ya hubo descendido—, mira qué guapas van todas. —Cinco o seis damas muy elegantes estaban frente a ellas, esperando para entrar en Hyndon House.

—No te llegan ni a la suela de los zapatos, Ditee.

Puede que los vestidos que llevaran aquellas damas fueran mejores, pero las mujeres en sí mismas no llegaban ni a la mitad de la belleza de su hermana, se dijo Venus para sus adentros. Y mucho menos la igualaban en dulzura o disposición.

Se abrieron paso lentamente por el camino, subieron las escaleras hasta llegar a la puerta principal y entraron en la casa. Tan pronto como atravesaron el umbral de la puerta, Venus se dio cuenta de que el duque ya había visto a su hermana Ditee. Ella estaba preciosa y al joven se le iluminó la cara.

Venus dio un codazo a su hermana.

—¿Lo ves? —le susurró—. Greycliffe te estaba buscando. No puede estar mirando a ninguna otra.

—Oh —exclamó Ditee, al tiempo que se sonrojaba profundamente. La muchacha sonrió con timidez y Greycliffe le devolvió el saludo inclinando la cabeza. Los ángeles podrían haberse echado a cantar y los corazones y las flores habrían llovido del cielo. Estaba más que claro que, para los dos jóvenes, no había nadie más en aquella sala.

Sería repugnante de no ser porque Venus quería tanto a Ditee.

Naturalmente, el señor Valentine, de pie junto al duque, no se había dado cuenta de que Venus estaba allí. Permanecía en pie, ligeramente inclinado, escuchando algo que la señora Fedderly decía .

Y cuando la vio...

El pánico se adueñó de su garganta. No podía permitir que ella le saludara en medio de toda aquella gente, y menos después de la manera en que lo había dejado ayer.

—Creo que voy a darme una vuelta por aquí —susurró Venus a Ditee—. Nos vemos en el jardín.

—De acuerdo —repuso su hermana, aunque quedaba claro que no se había enterado de nada de lo que Venus le había dicho; estaba demasiado centrada en Greycliffe.

Por suerte, la puerta que daba acceso al comedor quedaba justo a la derecha de Venus. Se deslizó a través de ella sin que ni su madre ni su padre se dieran cuenta y... casi se dio de bruces con la señora Edgemoor.

—Caramba, señorita Venus —dijo la señora Edgemoor, que parecía más que agobiada—, estoy encantada de que esté aquí. Ya sé que es usted una invitada, pero no obstante me preguntaba si podría echarme una mano con el cocinero. ¿Podría?

—¿Qué sucede? —preguntó Venus, asiéndola del brazo.

—El cocinero no está acostumbrado a cocinar para tanta gente. Una de las muchachas a las que contraté en el pueblo para ayudar en la cocina hizo caer por accidente un plato de queso y el cocinero empezó a dar voces. Ella amenaza con marcharse de inmediato y dejar su puesto. La señora Shipley está tratando de calmarla, pero se nos había ocurrido que quizá usted tuviera más éxito en ese empeño.

Venus podría dedicarse a domesticar animales salvajes o a lo que fuera, con tal de librarse en aquel mismo instante de la presencia del señor Valentine.

—Por supuesto, estaré encantada de echar una mano y ver qué puedo hacer.

✳

¿Dónde diablos se había metido Venus?

Drew sonrió a la mujer que había ante él, pequeñita y ajada. Era... ¿la señorita Wardley? Ojalá fuera el último invitado al que tuviera que saludar. Nigel lo había dejado solo tan pronto como los Collingswood, excepto Venus, maldita sea, llegaron. Según parecía, la joven también había venido con ellos: el señor y la señora Collingswood se mostraron perplejos al darse cuenta de que ella no estaba a su lado cuando los saludaron.

Aunque hubiera aparecido un oso bailando en medio del salón, Afrodita no se habría dado ni cuenta; solo tenía ojos para Nigel, unos ojos que se abrieron como platos cuando se enteró de que él no era el duque. Nigel no perdió ni un minuto en tranquilizarla y empezar una conversación acerca de no sé qué oscura traducción del latín con sus padres y con ella. Los cuatro habían desaparecido en el estudio y habían dejado a Drew solo dando la bienvenida a los invitados durante los últimos quince minutos. Pero, por suerte, el final de aquella tediosa tarea estaba cerca.

—¿De verdad es usted duque? —preguntó una tal señora Wardley, ¿o quizá era Woodley?

—Sí, señora, así es.

Y nunca más intentaría ocultarlo. Si por lo menos Venus se diera una vuelta por el salón, podría encontrarla y confesarle la verdad, y con un poco de suerte convencerla de que le perdonara. Su única esperanza era que la joven no hubiera descubierto todavía la verdad y hubiese decidido enviarlo al diablo.

—Parece demasiado joven para ser un duque —dijo la señora como quiera que se llame al tiempo que le guiñaba un ojo con suspicacia.

Definitivamente, tendría que empolvarse el pelo, aunque eso le hiciera estornudar.

—Le aseguro que ostento este título desde que tenía trece años.

—Caramba.

Drew se forzó a seguir sonriendo. No subía nadie por las escaleras tras la señora Wardley, Woodley o como se llamara, todavía no, pero cuanto más tiempo se quedara allí, más preocupado estaría por la llegada de otra persona. La dichosa lady Mary, deseosa de contarle a todo el mundo que era su prometida. La mala suerte había querido que hubiera una fiesta infestada de gente de la alta sociedad a solo unas horas de camino de allí.

Ojalá esos «invitados» no persistieran. Ya le había dicho a un colega que le resultaría totalmente imposible quedarse durante la noche.

La señora Woodley le estaba mirando como si fuera un animal del zoo real. Si le enseñaba a ella su anillo ducal, ¿la satisfaría eso? Levantó una ceja y trató de poner su cara más altiva.

Eso dio resultado. La mujer prorrumpió en una amplia sonrisa y aplaudió.

—Oh, espere a que escriba a mi hermana. No me creerá cuando le cuente que he conocido a un duque de verdad que además... ¡es joven y guapo!

Con esas palabras, la mujer se marchó por fin. Drew esperó hasta que ella dio más de diez pasos y luego desertó de su puesto.

¿Dónde demonios se habría metido Venus? Buscarla resultaba endiabladamente difícil. En cada maldita habitación se encontraba con alguien que quería hablar con él. Soportó toda aquella tontería con tanta paciencia como pudo; no quería levantar rumores dando vueltas por ahí como si se le hubiera perdido algo... que desde luego había perdido.

Estuvo a punto de tener la mala suerte de caer en las garras de la señora Higgins y la pesada de su hija junto al aparador del comedor y tuvo que esquivar a lady Mary en la sala de recepción. Hizo un gran favor a Nigel al enviar a la viuda Blackburn en la dirección opuesta cuando la mujer le preguntó dónde estaba su primo. Finalmente, encontró a Venus en el salón azul de dibujo, hablando con la señora Fedderly.

Se detuvo en el umbral de la puerta y se quedó mirándola. Ella estaba parcialmente de espaldas a él, de tal manera que le permitía contemplar su espalda y la elegancia de su perfil. Del moño que llevaba en lo alto de la cabeza se le habían escapado más rizos de aquel cabello negro, muchos más de lo que la moda marcaba; intentaba recogérselos al tiempo que respondía a algo que la señora Fedderly le había preguntado.

Su ánimo —y algo más— se elevó. Debía de estar sonriendo como un idiota...

Pero todavía no había llegado el momento de reírse. Todavía tenía que afrontar una tarea muy dura. Se acercó a las dos mujeres con precaución.

La señora Fedderly fue la primera que le vio.

—Caramba, mire quién ha venido.

Venus miró por encima de su hombro y luego se volvió para encararse a él.

—Señor Valentine.

Venus no podía ver la cara que puso la señora Fedderly, pero él sí. La mujer levantó las cejas tanto que casi desaparecen bajo su peinado, para poco después poner cara de diversión. La condenada quería ver cómo el joven salía de aquel embrollo.

—Señora Fedderly, señorita Collingswood —dijo él, saludando con la cabeza—. Lamento no haberla visto al llegar, señorita Collingswood. Vi a sus padres y a su hermana, pero ¿dónde estaba usted? —preguntó. En aquel instante, lo último que le apetecía era soltar así, sin más, quién era, ante la señora Fedderly.

De pronto, Venus pareció no encontrarse bien.

—La señora Edgemoor me pidió que la ayudara con un pequeño problema.

—Vaya. Y, dígame, ¿consiguió resolverlo?

—Sí.

Parecía que no tenían nada más que decirse. Se miraron el uno al otro mientras el silencio se adueñaba de la situación... hasta que la señora Fedderly soltó una risita.

Ambos se quedaron mirándola.

La mujer se aclaró la garganta.

—Lo siento —dijo tomando aire como si le costara—. Supongo que ambos preferirían que estuviera bien lejos de aquí. —Se cubrió la boca, pero no tuvo mucho éxito en su intento de enmascarar la risa que le estaba entrando—. Así que creo que será mejor que me vaya, ¿no les parece?

Drew sonrió lo más educadamente que pudo.

—Estoy seguro de que encontrará a muchas otras personas con quienes charlar.

—Ya, pero le aseguro que ninguna de esas conversaciones será la mitad de divertida que esta. Se lo aseguro.

Drew no supo qué decir a eso.

Tan pronto como la señora Fedderly les dejó solos, Venus y él se pusieron a hablar a la vez.

—Señor Valentine, le debo una disculpa...

—Señorita Collingswood, debo pedirle perdón...

Ambos se detuvieron. Venus se puso colorada y se miró a las manos.

Drew sonrió. Después de todo, quizá aquello no le fuera tan mal.

—Señorita Collingswood, elija usted... ¿Quién de nosotros debe disculparse primero?

Ella sonrió y levantó la vista.

—Vaya, supongo que podré superarlo. Yo...

—Ahí estás... —exclamó una voz altiva desde la puerta.

Drew se tensó. Maldita sea, ¿por qué lady Mary tenía que encontrarlo en ese preciso momento?

El joven se negó a mirar por encima del hombro. Quizá, si le hacía caso, se marcharía.

Y quizás a los cerdos les crecerían alas y saldrían volando.

—Le he estado buscando por todas partes, su gracia —dijo la mujer, al tiempo que colocaba su mano en el brazo de él según marcaban la moda y la propiedad.

A Venus le dedicó la mirada más condescendiente de su repertorio.

—Vaya, ya veo que habéis estado hablando con una de las muchachas Collingswood —dijo entre risas—. ¿Cuál de las dos es usted?

Venus miró primero a lady Mary y luego a él, con los ojos muy abiertos, sorprendida.

—¿Su gracia? —susurró.

—¿Qué sucede con...? —empezó a decir lady Mary.

Drew la miró y se quitó la mano de ella del brazo.

—Está interrumpiendo una conversación privada, señora. Le agradecería que se marchara inmediatamente.

Lady Mary se tragó el aire, indignada, pero fue Venus quien rompió el silencio en primer lugar.

—No será necesario. Ya me iba.

Capítulo 7

Él era el duque.

Venus salió de la habitación y luego de la casa, haciendo caso omiso del señor Valentine o..., mejor dicho, de Greycliffe, que le pedía que se detuviera. Si no se quitaba de en medio lo más rápido posible, las paredes de aquella casa se le caerían encima.

Él era el duque.

Oh, Dios, cómo debía de haberse reído de ella durante todos estos días. La tontita provinciana. La muchacha inexperta, que estaba tan verde en todo que casi se la podía confundir con la hierba. La bobita que se había enamorado de él.

Salió corriendo por las puertas de la terraza e intentó respirar profundamente. Por todos los demonios, llevaba el corsé demasiado apretado. Jadeó mientras miraba a su alrededor.

Toda aquella gente extraña, vestida de una manera tan elegante, se la quedó mirando.

Sus ojos se encontraron con los de la señora Blackburn. Los labios de la viuda se retorcieron en una sonrisa de superioridad, mientras se daba la vuelta para decir algo al grupo de gente que la rodeaba. Venus vio cómo se reían e incluso cómo dos hombres se ponían los anteojos para examinarla mejor, de pies a cabeza.

—¿Cree usted que ella es el motivo de que Greycliffe dejara la ciudad tan de repente? —preguntó el más gordo de los dos, en un tono de voz que no dejaba duda alguna de que tal cosa le parecía inaudita.

—Oh, no —dijo la señora Blackburn—. Esa muchacha no es más que una diversión menor, una forma de pasar el tiempo hasta que llegó lady Mary.

A Venus le hubiera gustado arañar en los ojos a aquella mala pécora, pero estaba demasiado nerviosa. Además, los de Londres se hubieran reído de ella de todos modos... al igual que Greycliffe lo había hecho.

—Oh, vaya, estás aquí, Venus —la llamó la señora Higgins con un trozo de pastel en la mano desde la mesa de la comida que se había colocado bajo la terraza—. ¿Podrías decirle a la señora Edgemoor que aquí nos estamos quedando sin comida? A Esmeralda le gustaría comer más galletas.

—Sí, vamos, date prisa —dijo Esmeralda con la boca medio llena.

—Ya ven —dijo la señora Blackburn—. Esa muchacha es poco más que una sirvienta.

Demonios, demonios, demonios. Tenía que marcharse de allí, lejos, muy lejos, y tan rápido como le fuera posible. Corrió atravesando la terraza y bajó las escaleras hasta llegar al jardín.

—¡Señorita Collingswood! ¡Venus!

El señor..., bueno, el duque, debía de haberse librado de lady Mary. La estaba llamando a ella, con lo que el espectáculo que ella había iniciado ahora se estaba poniendo más interesante. La señora Blackburn y sus amigos londinenses debían de estar pasándoselo muy bien, memorizando cada detalle para contarlo luego en los bailes y las veladas nocturnas cuando regresaran a la gran ciudad.

Ahora les daría algo más de qué hablar.

Se levantó las faldas y corrió.

✳

—¿Ha perdido algo, su gracia? —preguntó a gritos Chuffy Mannard. El hombre estaba de pie junto a la viuda Blackburn y otros invitados de Londres no descalzos.

Drew siempre había considerado a Mannard un gordo seboso, pero hasta ahora no se había dado cuenta de lo estúpido que era aquel imbécil. ¿Acaso ese cabeza hueca quería que le diera un puñetazo para que se tragara sus palabras? Porque le encantaría hacerlo.

Mannard debió de darse cuenta del peligro que corría cuando Drew dio un paso hacia él.

—Esto... No quería ofenderle, claro que no, su gracia.

—Eso espero —dijo el duque, tragándose con gran esfuerzo la sarta de improperios que había pensado decirle. Después de todo, no sería apropiado hacerlo ante tanta gente, y en cualquier caso ahora tenía asuntos más importantes que resolver que castigar a Mannard. Tenía que encontrar a Venus.

Lady Mary se coló entre la gente y se acercó a él, al tiempo que tomó el brazo de Mannard.

—No hagas caso de su gracia, Chuffy. El duque está enamorado —dijo, de la misma manera que podría haber comentado que estaba loco. La mujer se volvió hacia la señora Blackburn—. Esta fiesta ya no tiene interés, ¿no te parece, Constance?

Nigel debía de haberle dado calabazas a la viuda, porque esta asintió con la cabeza de inmediato.

—Sí, desde luego. Menuda sarta de palurdos. No sé cómo he conseguido no dormirme de aburrimiento.

—Creo que le haremos un hueco en la fiesta de Beswick —dijo Mannard—. ¿Qué te parece, Nanton?

—Bien, bueno... —Nanton no era un cabeza hueca como sus acompañantes—. Marchémonos ahora mismo.

—Muy bien —dijo Drew, tratando de que no se le notara el entusiasmo en la voz tras oír aquella propuesta—. Yo no les acompañaré.

Lady Mary resopló.

—Hablaré con la señora Higgins para recoger nuestras cosas.

Gracias a Dios. Drew nunca había estado tan contento de ver cómo un grupo de gente le daba la espalda y se iba. Por fin podría ir a buscar a Venus. Había tenido un buen comienzo con ella, pero...

—Greycliffe, te he estado buscando todo el rato —oyó que decía Nigel, que se acercaba a él por la espalda para darle una palmada en el hombro.

Drew se tragó su impaciencia, aunque no sin esfuerzo, y se dio la vuelta. Maldita sea, el señor y la señora Collingswood, junto a Afrodita, estaban allí. ¿Por qué precisamente tenían que haber elegido aquel momento para salir del estudio? Si seguía entreteniéndose así, a Venus le daría tiempo de llegar hasta América antes de que él pudiera ir a buscarla.

Se obligó a sonreír.

—Espero que hayan disfrutado de la fiesta.

—Oh, sí, gracias —dijo la señora Collingswood—. Mucho más de lo que esperábamos, debo admitirlo. El señor Valentine es un estudioso de los clásicos, ya lo sabe.

—Lo sé. Casi me da vergüenza cuando me comparo a él.

Nigel resopló.

—Creo que debería decirles que su gracia es mucho mejor matemático de lo que yo nunca seré.

Drew siguió sonriendo. No iban a dejar pasar un tiempo precioso intercambiándose cumplidos, ¿o sí?

Afrodita intervino en su ayuda.

—Pero ¿dónde se ha metido Venus? Creía que estaría aquí con usted. —Se sonrojó de repente—. Quiero decir, que no la hemos visto dentro. ¿Salió a la terraza... —tosió un poco— para tomar el aire?

—Creo que la he visto cruzar el jardín —dijo Drew—. Estaba a punto de seguirla para ofrecerme a acompañarla y que no se fuera sola.

—Vaya —dijo la señora Collingswood frunciendo el ceño—. Me comentó que no se encontraba bien, pero pensé que mejoraría cuando llegáramos aquí. Venus nunca se pone enferma, ¿sabe?

—Tal vez haya vuelto a casa —añadió el señor Collingswood—. No queda lejos.

—Sin embargo, tengo que asegurarme de que no le ha sucedido nada malo —dijo Drew. Sabía que no le convenía salir corriendo y alcanzarla antes de que la joven llegara a la casa parroquial. Sería mejor que se acercara hasta allí, llamara a la puerta y tratase de convencerla de que le escuchara.

—No hace falta —dijo la señora Collingswood—. Venus está acostumbrada a pasear sin compañía por Little Huffington. Es un lugar seguro. Nunca ha tenido problemas.

Bueno, excepto cuando se lo había encontrado a él, desnudo, en el estanque, aunque aquello, para el joven duque, no había sido precisamente un problema.

—Además, no puede abandonar a sus huéspedes —señaló el señor Collingswood.

—Me temo que sí puedo y que debo hacerlo —apostilló Drew—. Hay algo de lo que quiero hablar con su hija. No puedo esperar.

El señor y la señora Collingswood lo miraron boquiabiertos como si el joven hubiera perdido la cabeza, e incluso Nigel pareció sorprendido, pero Afrodita sonrió ampliamente.

—En ese caso claro que debe ir, su gracia —dijo ella—. No permita que le hagamos perder ni un minuto más.

Drew agradeció tanto la intervención de Afrodita que a punto estuvo de darle un beso... si eso no la hubiera sorprendido y tampoco hubiese significado que Nigel le diera una buena paliza.

—Gracias. —Saludó con la cabeza—. Por favor, discúlpenme.

Cruzó la terraza y bajó por las escaleras, manteniendo el paso ligero hasta que desapareció de la vista de sus amigos.

Entonces echó a correr a toda velocidad en dirección a la casa parroquial.

✳

Venus dio un traspié y cayó al suelo en el estrecho sendero que discurría por entre los árboles. Las ramas se le enganchaban en el vestido y se le enredaban en el pelo, con lo que las agujas y peinetas que lo sujetaban se desprendían. Le dolía el pecho de tanto correr, y en algún punto del camino se le había metido una piedra en el zapato. Ahora se le estaba clavando en la planta del pie.

Y estaba llorando. Qué espanto, había llorado más en las últimas veinticuatro horas que en toda su vida. Se enjugó la nariz en la manga del vestido —no tenía un pañuelo a mano— y se sentó en una roca, al borde del bosque. Desde allí podía ver el estanque, entre las ramas.

Trató de inspirar el aroma tranquilizador de los pinos y del polvo, pero tenía la nariz tapada de tanto llorar. Todo lo que conseguía era un deprimente resoplido.

Se quitó el zapato y lo meneó para expulsar la piedra. Esta cayó al suelo y desapareció entre la hojarasca. Una piedrecilla tan pequeña le había hecho un daño enorme.

Quizá fuera ese el problema que tenía con el señor Valentine... O no, mejor dicho, con Greycliffe. Dentro de una semana o dos aquel asunto no sería más que una piedrecilla insignificante, en lugar de un peso enorme, gigantesco, en su corazón.

Era posible. El tiempo curaba las heridas, ¿o no?

Se sonó la nariz de nuevo.

Además, había aprendido algo. Estaba equivocada al pensar que le gustaría dejar Little Huffington por Londres. Al ver a todos aquellos cuervos londinenses y a las mujeres de aquella ciudad en la estúpida fiesta se había dado cuenta de que la ciudad no era para ella. Todos eran falsos, como el señor Val... Greycliffe. Igualitos que el mentiroso del duque.

Todo lo que le rodeaba, cada palabra que había pronunciado desde el momento en que se habían conocido, era mentira. De modo que lo que ella sentía por él también tenía que serlo, por mucho que a ella le pareciera que era real. No podía amar a alguien a quien no conocía.

Volvió a calzarse.

¿Y qué había de Ditee? Por Dios, que su hermana hubiera acabado en las garras del primo del duque era culpa suya. Aunque él era tan culpable como el propio duque; no las había sacado de su error ni a su hermana ni a ella cuando se lo encontraron en el pueblo con Greycliffe .

Ditee acabaría con el corazón destrozado, y todo por culpa de Venus. Nunca más volvería a hacer de casamentera.

Se acercó al estanque. El agua parecía tan fresca y tranquila como el día en que se había encontrado allí por casualidad con el sinvergüenza del duque. Bueno, de hecho estaba mucho más tranquila. *Archie* no se encontraba allí para salpicar aquí y allá ni perseguir a los patos.

Si no hubiera sido por...

¡Oh, oh! Algo —o alguien— se estaba acercando. Oyó el sacudir de las ramas en el bosque, tras ella. Se dio la vuelta justo en el momento en que Greycliffe, la rata, salía de entre los árboles.

Su estúpido corazón dio un brinco al verlo. Tenía el pelo lleno de hojas y barro en los pantalones. Nunca le había parecido tan apuesto... excepto, naturalmente, la primera vez que lo vio, cuando estaba desnudo.

Venus dio un paso atrás y levantó la barbilla, como advirtiéndole que no se atreviera a tocarla.

—¿Por qué ha venido aquí, su gracia?

Él se encogió de dolor al oír el tono de voz con que se lo preguntaba y se detuvo a casi cinco metros de ella. Los también estúpidos pies de Venus querían acercarse a él y su cuerpo se lo rogaba.

Se volvió para mirar el estanque.

—He venido para pedirte disculpas —dijo él— y para darte una explicación.

¿Acababa de acercase a ella un poco más? No importaba, no iba a darse la vuelta para comprobarlo.

—No tiene que disculparse, su gracia, y tampoco hay nada que explicar. Hay muchos jóvenes en Little Huffington. Los he visto bromear antes —dijo sorbiéndose las lágrimas—. Estoy segura de que, algún día, a mí también me parecerá muy divertido.

Y si decía una palabra más, se pondría a llorar otra vez y le demostraría que era tan mentirosa como él.

—No era una broma —dijo él con voz seria.

Drew se acercó un poco más, pero por lo menos no tuvo la desfachatez de tocarla. Ella le echó una mirada heladora para mantenerlo a distancia y volvió a fijarse en el estanque. Los patos seguían comiendo hierbas e insectos bajo la superficie.

—Verás, la señora Edgemoor confundió a Nigel —mi primo— conmigo cuando llegamos; la mujer creyó que el duque era él, y eso fue lo que hizo que se me ocurriera la idea . A la gente se le suele olvidar que los duques también pueden ser jóvenes.

Ella ni siquiera había pensado en la edad que tenía él.

—¿Cuántos años tienes? —le preguntó.

—Veintiuno.

El corazón se le cayó a los pies. Era demasiado joven para casarse, por lo menos lo era para un duque; incluso ella lo sabía. Todavía querría disfrutar de su libertad durante algunos años más.

Por Dios, ¿acaso se había puesto a pensar en un matrimonio con ese hombre? Era una tonta.

—Y entonces apareciste tú, y pensaste que yo era Nigel, y entonces vi que tenía una oportunidad de oro que no podía dejar pasar.

—¿Una oportunidad de oro? —dijo ella, mirándolo de reojo durante un buen rato. Él había vuelto la cabeza y también estaba mirando al estanque, con las manos por detrás. Ahora estaba incluso más cerca de Venus, tanto que casi podía tocarla—. ¿Qué has querido decir con eso?

—Una oportunidad de escapar, de dejar de ser Greycliffe durante una temporada.

Ella ladeó la cabeza para mirarlo. Tenía una cara poco perfilada; los rasgos de la juventud estaban ahí, pero su expresión le hacía parecer mayor de lo que era.

—Todo el mundo cree que debería ser muy, muy feliz por ser el rico duque de Greycliffe —dijo algo cabizbajo—, pero a veces tengo ganas de gritar, muchas veces. El título me pesa, hace que me sienta encadenado.

Drew se volvió para mirarla. El joven tenía los ojos tan azules, y esas pestañas, tan largas, que casi no parecían propias de un hombre. En el extremo de su ojo derecho se veía una fina línea de color claro que parecía una cicatriz, una marca que le había dejado alguna herida infantil.

—Mi vida cambió cuando tenía trece años —dijo chascando los dedos—. Así, sin más. Dejé de ser yo, Andrew Valentine, para convertirme en el duque de Greycliffe. Todos los hombres querían ser mis amigos, y todas las mujeres que me casara con ellas, simplemente porque era duque. Así que, cuando te conocí, no pude dejar pasar la oportunidad de volver a ser yo mismo otra vez.

Entonces la tocó, aunque solo fue un ligero roce en la mejilla. Había perdido los guantes en algún lugar entre Hyndon House y el estanque. Tenía la piel caliente y ligeramente áspera, como si usara las manos para algo más que escribir cartas.

—¿Lo entiendes ahora?

Claro que lo entendía. Ella no era ningún duque, desde luego, pero había pasado buena parte de su vida queriendo ser ella misma, en lugar de la hija de vicario o la hermana pequeña de Ditee.

—Sí... sí. —Venus se humedeció los labios. De repente se había quedado sin aliento—. Supongo que sí, su... su gracia.

El joven frunció el ceño.

—¡No!

—¿No qué? —Drew se había acercado tanto a ella que podía olerlo, percibir el limpio aroma del jabón y de algo más, algo masculino.

—No me llames «su gracia».

Venus necesitaba poner las manos en alguna parte; no sabía qué hacer con ellas, colgando a los lados del cuerpo. Las colocó en el pecho de él.

—Entonces, ¿cómo debería llamarte?

—Drew —dijo él, inclinándose hacia Venus de forma que sus labios quedaron a solo unos centímetros de los de ella—. Llámame Drew, Venus, por favor.

Su voz sonaba terriblemente ronca. ¿Iba a besarla?

Debería apartarlo. Ella no era más que la hija del vicario. Estaba jugando con ella.

Y sin embargo no, no era eso lo que Venus estaba pensando. Puede que se equivocara, pero tenía que hacer caso a lo que le decía el corazón. Mejor arriesgarse que pasarse la vida lamentando lo que podría haber sido y no fue.

—Drew —dijo ella levantando la barbilla y clavando su mirada en la de él.

Capítulo 8

Drew se acercó a ella y acabó con el estrecho espacio que los separaba para besarla en la boca.

Un rayo le recorrió el cuerpo para acabar alojándose en...

El joven echó las caderas atrás.

No era un hombre virgen, pues había aceptado más de una vez una invitación para darse un revolcón en alguna cama de altos vuelos. Pero nunca antes había sentido una emoción tan intensa. Era mucho más que lujuria aunque, desde luego, también había de eso.

Drew levantó la cabeza, bajó las manos y se obligó a dar un paso atrás, para que quedara por lo menos un pie de distancia entre ellos. Aunque él no era virgen, Venus sí lo era.

La joven parpadeó y lo miró como si se estuviera despertando de un sueño. Drew se sintió bastante satisfecho de sí mismo hasta que ella abrió la boca.

—¿Eso es todo? —preguntó ella, frunciendo el ceño.

—Pues claro —dijo él frunciendo el ceño a su vez—. ¿Qué esperabas?

—Yo... —Venus se sonrojó—. No sé. Simplemente, sentía que tenía que haber algo más.

—Bien, pues no lo hay —replicó él. Pero, maldita sea, su cabeza no dejaba de imaginarse, con todo detalle, la cantidad de cosas que podría hacerle. Y que la hubiera visto desnuda en aquel mismo estanque, cuya agua suponía estaría tan fría como aquel día, no era que le ayudase mucho. La dejaría a salvo en la casa parroquial y luego volvería para darse un baño y calmarse.

—Vaya —dijo ella mordiéndose el labio—. No quería insultarte. Me ha gustado mucho.

Estupendo. Ahora estaba criticando sus habilidades amatorias. Si pudiera demostrarle a aquella muchacha...

—¿Podríamos repetirlo? —preguntó ella.

El miembro casi se le sale de los pantalones al oír la pregunta.

—¡No!

Que Dios le diera fuerzas. Ahí estaba él, tratando de comportarse de manera noble aunque le costara la vida, y estaba a punto de costársela, y ella tentándolo de una forma que a cualquier hombre le resultaría casi imposible resistir. Venus no lo hacía a sabiendas, claro. No tenía ni idea de que estaba jugando con fuego. Pero él podía sentir cómo ardía por dentro, de tal modo que las llamas los devorarían a los dos y los convertirían en polvo.

Tenía que tirarse al agua ahora mismo.

Venus se quedó lívida. Se volvió, pero no antes de que él pudiera percibir las lágrimas en los ojos de ella.

—No hace falta que grites —dijo ella resoplando y luego limpiándose la nariz en la manga—. No te voy a atacar ni nada parecido.

Su pene no podía más, le animaba a que la tomara allí mismo. Pero en lugar de eso, él alargó una mano para darle un pañuelo.

—Cuando nos casemos, me ocuparé de que tengas un pañuelo para cada día del año.

La cabeza le dio vueltas y la pobre se quedó con la boca abierta.

—¿Cuando nos casemos?

Él levantó las cejas.

—Sí, claro. ¿Qué creías que significaba que te quisiera besar y lo hiciera?

De repente, como por arte de magia, las lágrimas desaparecieron de la cara de Venus y el enfado sustituyó a la humillación. Ahora sí que le apetecía gritar y golpear algo, preferentemente a aquel tonto que tenía enfrente, con su estúpido pañuelo en la mano y mirándola como si estuviera loca.

—Me has besado, y te ha parecido tan asqueroso que no has querido repetir, y ahora, ¿me hablas de matrimonio? —dijo ella, agarrándose de las faldas para no retorcerle el pescuezo. Levantó la barbilla y lo miró—. Quizá no quiera casarme con un hombre que no se ocupa de besarme como es debido.

Drew se guardó el pañuelo en el bolsillo.

—Pues claro que te casarás conmigo.

—Pues claro que no, su gracia.

—No me llames así.

—¿Por qué no? Actúas como si todo lo que ves te perteneciera. —Venus le puso un dedo en el pecho—. ¿Pues sabes una cosa?, yo no soy de tu propiedad.

—Por el amor de Dios, mujer.

La agarró con las manos y la atrajo hacia sí. Con una mano presionó el cuerpo de ella contra el enorme bulto que crecía entre sus piernas y con la otra le levantó la barbilla. Bajó hacia su boca en picado.

Ese beso no tuvo nada que ver con el anterior. Era caliente y húmedo, y de alguna manera la lengua de él se abrió camino entre los dientes de ella. Profundizó en su boca y la saboreó a conciencia.

A Venus le fallaron las rodillas; si él no la hubiera estado sujetado, ella se habría derretido y convertido en un charco. De hecho, una parte de ella ya se estaba derritiendo.

—¿Lo ves? —dijo él, levantando la cabeza y rozándole la mejilla con un beso—. Claro que quiero besarte. Ahora deberíamos...

—Otra vez —dijo ella acercándose a él para alcanzar su boca, colocando las manos entre los cabellos de él y retorciéndose contra su cuerpo... y aquella interesante protuberancia—. Por favor, Drew.

Él echó la cabeza atrás, pero no la apartó de sí.

—No, no deberíamos.

Podría decirse que no solo su cabeza protestaba ante la negativa; también su corazón —y otras partes de su cuerpo— no estaban de acuerdo. Le convencería. Lo besó en la barbilla.

—Deja eso, Venus.

—No quiero —musitó ella, tocando su boca con la lengua y tratando de mordisquear el labio inferior de él.

Él resistió un minuto más; luego, tras hacer un breve sonido gutural, casi un gemido de dolor, abrió los labios.

Esto se estaba poniendo interesante. Ella trató de hacer lo mismo que él había hecho, explorando de dónde venía aquel oscuro calor que sentía.

Entonces todo se precipitó. Él le recorrió el cuerpo con las manos, el trasero... oh, un pecho. Los pezones se le endurecieron hasta parecer dos pequeñas cumbres, y ella se echó atrás, invitándole a él a continuar su exploración.

Drew se detuvo. Maldita sea. Sus escrúpulos habían aparecido de nuevo. Bien, ella tendría que ocuparse de eso. Venus deslizó las manos hasta el bulto que percibía en los pantalones de él.

La agarró de los dedos antes de que llegara a tocarlo.

—Ten cuidado, Venus. Nos estamos acercando a un punto en el que ya no podré parar.

Ella sonrió.

—¿Y por qué quieres parar?

—Porque eres virgen, maldita sea.

—Creo que puedes ocuparte de eso.

Drew tenía las facciones desencajadas, como si estuviese luchando contra algo que temía que le dominara.

—Deberíamos esperar hasta la boda.

Venus no quería esperar. Estaba cansada de estar sola. Cansada de emparejar a otras personas. Ahora era su turno; lo tomaría si podía.

Lo amaba. Era un amor apasionado, verdadero, y eso le dio fuerzas.

—No, no quiero esperar.

Drew cerró los ojos.

—¿Prometes que te casarás conmigo?

—Sí —dijo sonriente—. Te amo.

Los ojos azules de él ardían y eran más azules que nunca.

—Y yo a ti.

Ella se rió, al tiempo que le sacaba la camisa de los pantalones bombachos que llevaba.

—Pues demuéstramelo.

Drew tenía bastante más experiencia en quitarles la ropa a las mujeres de la que ella tenía haciendo lo propio con un hombre. Venus se enredó más de una vez con los brazos de él. Finalmente, él emitió una especie de gruñido y se los sujetó.

—Será más rápido si dejas que lo haga yo.

Venus también quería darse prisa, así que asintió, y en un minuto estaba desnuda como la primera vez, cuando se conocieron. Y lo más importante: él también estaba desnudo.

—Oh —exclamó, ahora que podía tocar todo lo que antes solo había visto.

Deslizó las manos por su torso, cálido, fuerte, y jugueteó con los dedos con el vello rubio que lo cubría. Luego fue bajando la mano hacia...

Él la agarró de las manos de nuevo.

—¡Oye!

A ella le parecía un milagro que todo aquello pudiera caberle en los pantalones.

—Otra vez. —Drew la levantó y luego la depositó sobre las ropas que se habían quitado—. Si me tocas ahora, esto se habrá acabado antes de empezar.

Venus no entendió nada, pero como parecía que él sí sabía lo que se hacía... y había empezado a besarla en el cuello, dejó que siguiera distrayéndola. Su sabia boca se movió hacia un hombro y luego sobre un pecho.

—¡Oh! —exclamó ella cuando sus labios se cerraron en torno a uno de sus pezones—. Deberías... ¡oh!

Ya no le importó lo que él debería o no debería hacer; lo que estaba haciendo le encantaba. Drew jugueteaba con uno de sus pezones con la boca y la lengua mientras sus dedos actuaban en el otro. Cuando movió la boca para atenderlo, desplazó los dedos más abajo, golpeándola con la cadera.

Ella gruñó. Su cuerpo estaba invadido por unas sensaciones nuevas, maravillosas y extrañas. Cada parte de él, cuando Drew la tocaba, ardía y se endurecía, y hacía que casi perdiera el control. Pero todavía había una parte de ella, sumida en la desesperación total, que él no había tocado. Drew tenía los dedos cerca, a unos centímetros de donde los necesitaba. Venus abrió las piernas y arqueó las caderas para animarlo a moverse.

Drew lo entendió. La acarició con suavidad en el centro de aquella locura.

—¡Oh!

Con delicadeza, deslizó un dedo alrededor de aquel punto. Ella sacudió las caderas. Estaba tan tensa como la cuerda de un arco.

—Estás tan húmeda, tan lista para mí, Venus —susurró él, succionando sobre un pezón mientras su dedo seguía martirizándola.

—Oh, Drew. Por favor. ¡Hazlo ya! —rogó ella, pronunciando las últimas palabras casi como un gemido. Las caderas se movían y contorsionaban como si estuviera bailando un extraño baile. Debería darle vergüenza —la hija de vicario del pueblo, desnuda, en pleno bosque, gimiendo de lujuria, pidiendo que le hicieran el amor—, pero no había espacio para la timidez en medio de una necesidad tan fuerte.

—Tus deseos son órdenes —le dijo Drew sin aliento.

Él se encaramó sobre el cuerpo de ella, entre sus piernas, y, lentamente, se deslizó dentro de Venus.

—¡Oh! —gritó Venus al sentir un dolor intenso y breve, tras el cual Drew penetró dentro de ella, llenando una parte de su cuerpo que, hasta hacía pocos minutos, había permanecido completamente vacía.

—¿Estás bien?

—Mmmhh... —gimió ella—. Sí —pudo articular mientras levantaba las caderas. Su cuerpo ya había superado el *shock* de la penetración; ahora quería que Drew se moviera.

Él se movió, con cuidado de no dejar que todo su peso cayera sobre ella, sujetándose con los brazos. Dentro y fuera.

Ella lo agarró por las caderas. El punto que hasta hace poco había estado tan tenso volvía a estar así ahora. Cuando más se movía él, más y más tenso se ponía.

—Más rápido —suplicó ella—. Oh, Dios. Con más fuerza. Necesito...

Nada. Él se deslizó una vez más dentro de ella, y luego ella se desmoronó.

El placer fluyó como una cascada por su cuerpo desde el punto en el que estaban unidos, como en oleadas, mientras ella sentía como él vibraba en su interior.

Entonces, una paz profunda, muy profunda, la invadió.

Drew salió de ella y se dejó caer a su lado, alargando los brazos para acercarla hacia sí.

—Mmmhh... —El cuerpo de él y el calor del sol hacían que su propio cuerpo se mantuviera caliente a pesar de estar desnuda. Casi no podía abrir los ojos—. ¿Qué tal ha ido?

Él se rió.

—Ha sido mágico, mi querida duquesa.

—Yo no soy duquesa.

—Pero lo serás pronto. Muy pronto. Cuando lleguemos a la casa parroquial, tus padres ya estarán allí. Tu padre te verá bien y totalmente comprometida, así que estoy seguro de que querrá casarnos allí mismo.

Ella dibujó, perezosa, un círculo en el pecho de él. Lo más seguro era que Drew tuviera razón. Mamá y papá se llevarían un buen susto.

Esperaba sentirse avergonzada, pero lo cierto era que se había convertido en una sinvergüenza. No sintió ni un remordimiento.

—Estaría bien.

—Estupendo. —Él se rió y la besó en la nariz—. Serás mi duquesa, Venus, pero lo más importante, eres mi amor.

Ella le sonrió.

—Tu duquesa del amor. Y tú serás mi duque, sin importar lo que te disguste el título.

Drew depositó un beso suave en los labios de ella.

—Mientras estés a mi lado, podré soportar seguir siendo el duque de Greycliffe.

Media hora más tarde, se encaminaron hacia la casa parroquial.

Fin

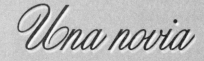

SALLY
MacKenzie

*Una novia
para
lord Ned*

«Escandalosamente divertido y
perversamente entretenido»
—Elizabeth Hoyt

Libros de
seda

La duquesa
del amor

SALLY MACKENZIE

Una novia para lord Ned

Decidida a encontrar marido, la señorita Eleanor, Ellie Bowman, asiste a un baile organizado por la duquesa de Greycliffe, a la que todos llaman con cariño «la duquesa del amor». Sin embargo, no hace caso de ninguno de los caballeros a los que la anfitriona ha invitado precisamente pensando en ella. En realidad, quien le interesa es su elegante hijo, Ned, lord Edward, que ya hace tiempo le robó el corazón... y la hizo arder de deseo. Es *Sir Reginald*, el gato ladrón de la duquesa, el que le ayuda a hacerse visible al atractivo viudo cuando deja su culote rojo de seda entre los almohadones de la cama de Ned.

Después de cuatro años de luto, Ned no quiere encontrar una esposa. A primera vista, el baile de cumpleaños que su madre ha organizado en su honor no le aporta ninguna candidata interesante. Sin embargo, surge en él un sentimiento inesperado por alguien a quien ya conoce bien, Ellie, que de pronto invade sus sueños y que lo hace de la manera más escandalosa.